納得して死ぬという人間の務めについて

曽野綾子

角川文庫
23504

納得して死ぬという
人間の務めについて

曽野綾子

目次

［第二部］

夫を見送って対面した「死」について

2017年2月3日――

ブックデザイン／末吉亮（図工ファイブ）
対談構成／今泉愛子

第一部

日本人が避けてきた「死」について
——2017年2月2日

［第一話］

日本人は高度な学問は学ぶが誰もが確実に体験する死は学校で教わらずに社会に出る。こんなおかしな話はない

私たちの先祖は死から新しい一歩を踏み出した

「死」というものについて日本人が真正面から対峙せず、避けて通ろうとしてきたことに、私は長い間馴染まないでいた。

私は幼稚園からカトリックの修道院が経営する学校に通っていたので、死を考えることは日常茶飯事であった。「喜びも悲しみも、共に神に結ばれており、その最後のものが死である」と教えられていたのである。

第一、常識的に考えても、死というものだけは確実に人間の生涯に立ちはだかっている。死を体験しなかった人は一人もいない。これは、考える以上に人間の運命は公平であるということを示すものであった。

世間にはいろいろな〝訓練〟というものがあって、会社では火災訓練、豪華客船に乗れば退避訓練というものが必ず行われる。良いことではないのだが、私の友達にはそれをさぼる人が結構多くて、火災を知らせる非常ベルが鳴るとトイレの個室に閉じこもって、子供のお遊戯にも似た訓練をなんとかして避けようとする人がいた。私は豪華客船に乗ったことは二度だけあるのだが、それでも出航するや、「あなたは救命胴衣を持ってボートデッキの何号艇のところに行け」という訓練に参加させられた。海風が心地好いのと、こういう時の人の行動を見るのがおもしろかったので、私はきちんと参加したが、態度はきわめて不真面目だった。多分こうした訓練の時には、船室で布団をかぶって寝ていて、参加しない人はかなりいると思う。

私はこれらの不真面目な種族に対して、割と寛大であった。常識的に考えても、会社のビル火災や船の沈没に出遭う可能性は生涯で非常に少ないものである。だから、訓練をしなくても、「多分やっていける」ものだろうと思っていた。

しかし、死だけは一〇〇パーセントやってくる。その「死」について考えないことは、私にとって不自然だったのである。「死を避ける」という方向性については、さまざまな心理学者や歴史家が書いているところだが、日本人には死を「穢れ」とみなす一面があって、穢れは見ない、触れない、避けて通るほうがいい、と考えたのではないかと思う。

知人のお葬式に行くと、「会葬御礼（かいそうおんれい）」の封筒の中に小さな塩の包みがあって、それを玄関に入る前に体に振りかけてお清めをするという習慣も大人から習って、私はかなり厳密にそれを守っていた。その塩の袋には「食べられません」と書いてあるのも不思議だったが。

私の通っていた学校の修道女たちは、常に二つの言葉を口にした。一つは、「人生は単なる旅路にすぎない」であり、もう一つは「人生は永遠の前の一瞬である」というのであった。

あまりに子供の時からたびたび聞かされていたので、私はその二つの概念をすんなりと受け入れていた。殊（こと）に私は不仲な親たちの下で育ったため、母と道連れに自殺未遂をさせられそうになったこともあった。その時私は強烈に、母に向かって「私は生きていたい」と言った。母もその言葉によって折れたと思われるのだが、もともと人間の自殺をする決意というのは、脆（もろ）いもののようである。

そしてまた後年、私はたくさんの医師たちと知り合ったが、「自殺はなかなかできませんよ」ということを教えられた。

「三日水を飲まないと死ぬ」という常識だけでなく、「この暑い季節に一日に充分な水を飲まないと脱水症状で死ぬ」とかいうことが日本では盛んに言われるようになったが、これも危ないものであった。私が調べた範囲で、一九四一年にアウシュビッツで人の身代わりになって餓死刑を受けて死んだマキシミリアノ・コルベというポーランド人の神父は、まる十四日間水なしで生きていたし、現代でもサウジアラビアの南部に住む種族は一日一杯の水で生きているという。私は気温が四十度以上に上がる土地に何度も行ったが、そういう土地に限って「今日は脱水症状で何人死んだ」などという報道が出たためしはない。数年前に行った北アフリカのジブチでは気温が五十七度だったが、「本日、何人死にました」などということが話題にのぼったことはなかった。

それでもなお、人々は死んでいるのである。このジブチというところは、現在は自衛隊がイエメンの南の海域に出没する海賊対策のために護衛艦二隻とP3C（対潜哨戒機）を派遣しているが、このジブチの奥地、エチオピアに近いあたりは、五、六万年前、アフリカの生活を捨てて新しい天地を求めて歩き出した一握りのアフリカ人たちの出発地点だと言われている。その光景を「ナショナルジオグラフィック」という雑誌が報道したことがあるのだが、現在でもまだ政治的状況の困難を避けようとして、彼らの先祖と同じ道を辿って脱出を試みる人たちが水源もない荒野の中で行き倒れになっている土地だという。その、半分野獣に食われた生々しい遺体の写真が載せられたこともあって、私は深い感動を受けた。我々は五万年かそれ以上前に歩き出した先祖の――勇気に満ち、幸運に恵まれた――人々の祝福された子孫なのである。

死の問題の義務教育化は否定された

これほど確実な死なのに、私の入れられた宗教学校のようなところででもなければ、高度な学問は学ぶのに、死だけは教わらずに社会に出るのだという。こんなおかしな話はないと私はずっと思い続けてきた。

私自身の生活の中では、読書の習慣ができて以来、私はかなり早くから哲学の本を読み散らすようになった。必然的にそれは死についての考え方にも触れることになったのだが、社会的な活動としては、一九八四年八月から始まった臨時教育審議会、二〇〇〇年三月に始まった教育改革国民会議などで教育に関するさまざまな基本的な道筋を考える委員の一人であった。教育の周辺にある制度に関しては、私は体験もなく、献言をする力もなかったが、そのたびごとに私が答申の中に入れて欲しいと言ったのは、「子供たちに死に関する教育を授ける」ことだった。それは小学校の高学年がいいのか、中学校の卒業間際がいいのか、それとも国民の九十パーセント以上が高校に行く現実の中では、高校教育のどこかで取り上げたほうがいいものか。そうした現実的な問題は現場の先生が決められたらいいと思っていた。

しかしいずれにせよ、すべての人が体験する死について学ばないということは、どう考えてもおかしなことである。私はその二会とも、ほとんどたった一つの提言として、「義務教育の中で死の問題を取り上げること」を提言したのだが、いずれもまったく取り上げられなかった。

しかし、私は心の中で「それならそれで気が楽だ」と思う気持ちもあったのである。もしも義務教育の中で死が取り上げられると、必ず世間には「人間の死まで文部省（当時）が管轄するのか」とか、まったく余計なことを言う人々が出てくるだろうと想像できたからである。私は死というきわめて人間的で、哲学的で、薫りのいい個人的な偉大な事実を、そうした俗物的な雑音で汚したくないと思ったことは間違いない。

死を学ぼうとする時代は確実に来ている

一九八四年の臨時教育審議会発足直前の一九八二年に、私は上智大学のアルフォンス・デーケン教授から、日本で「死生観・死の準備教育」をしたいというご相談を受けた。もちろん私は大賛成であった。その時に記憶している神父のお話によると、夫をがんで失った人や、幼児を思いがけない事故で亡くした親たちは、その悲しみに耐えられずにおそらく神父のところに行って話を聞いてもらったのであろう。そうした人々を慰めたいという思いが神父におありになったことは当然で、はじめ神父はその人たちと夜の時間に一人ではなく、集まってお互いの悲しみを話し合うような機会を作りたいと考えておられたようである。勤めを持っている人もいたから、参加できるのは多分夜七時半からとか、そんな時間だったと思われる。人数もそんなに多くはないであろうという考えで、神父ははじめ、どこかホテルの部屋を借りるつもりでいらっしゃったようだ。ところが、その計画はホテル側から拒否されてしまった。

「○○家・××家ご結婚披露宴」と書いてあるような「今日の催し」の最後に、「デーケン神父・生と死を考える会」と出るのはまずいというのである。「死」という漢字一字さえ、そこでは並べて書かれることを嫌われていたのである。

それで仕方なく神父は、最初の会を上智大学の階段教室で開くことに変更されたと記憶している。

私は第一回目の講義をお引き受けするつもりは充分にあったのだが、日にちの点でどうしても折り合わなかった。そこでいただいた受講券を友人に渡して代わりに聴きに行ってもらうことにした。おそらく教室が大きくなったので、受講券を出すほどの人を入れられるようになったのだろうと思われる。

その翌日、私は友人に電話をかけて「おじいさんとおばあさんがたくさんいた？」と慎(つつし)みのない質問をした。すると、「あなた、何を言っているのよ。高齢者なんて少しはいたけど、ほとんどは若い医療関係者よ。お医者さんや看護師さんらしい人でいっぱいだった」ということであった。

文部省が動かなくても、世間は確実に死の問題を学ぼうとしている時代が来たのだと私が感じたのはその時である。

日本が戦争に負けてから、お国のために命を捧げる人というのはまったくの尊敬を受けなくなった。日教組の力が強くなった戦後教育では、人は自分の命を守るのが一番大切なことであって、他者のために自分の命を捨てるというのはまったく意味のないこと、むしろ、戦争や資本主義に奉仕することだという教育がはびこったのだと思われる。

しかし私は、子供の時から聖書の中で次のような言葉を習っていた。

「友のために自分の命を捨てること、これ以上に大きな愛はない」（ヨハネによる福音書15・13）

戦争に負けたからといって、戦場において国民のためやそこにいた戦友のために代わって死んだ人たちの死が、にわかに意味のないことになったわけではないのである。

［第二話］

人生は思い通りにならない。
それでも人間には
小さな幸福が与えられている。
それだけでいいのだ

生きていられればありがたい

「死」というものは、誰もそこから生還した者がいないので、どういう世界か誰一人として確実に知らない。あの世があるかないかということさえ、誰も確実な答えは出せないのである。

ただ私はこういう卑怯な言い方をしている。

「あるかないかわからないもので（もしなければいいのですけれど）、完全に否定しておいてもしあると、そこで神様だか仏様だかにお会いするわけですよ。するとと間が悪いじゃありませんか。昨日までそんな存在はありませんと言っておきながら、のめのめと顔を出して『こんにちは、今日からよろしく』もないでしょうから。ですから、私はあるほうに賭けておくんです」

というあたりが一番私の心に近いように思う。

死んだ後にあの世があるかないかはどうでもいい。私の力の及ぶことではないからだ。ただ私は死ぬまでに一仕事果たして死にたいという気持ちは強い。それは私がきわめて平凡な実利主義者で、今日一日に何をしたという程度の自覚が欲しいという思いで日々を暮らしているからである。別に高級なことではない。軒先にずっと張っていた蜘蛛の巣を払った、食器棚の一番下の段に溜まっていたひどいススをきれいにした、という程度のことでいいのである。

私はそのために、常に優先順位ということを大切にしてきた。午前中に何と何をする。できたら午後に何と何をする。それらの目的は多くの場合、複数あるので、私は必ずそれらの目的に優先順位をつけた。A、B、C、Dとあって、Cまでできたら素晴らしい。しかしA、Bの二つしかできなくても、できなかったよりマシだと思う癖をつけていたのである。

この生き方は、私がまだ若い時、初めて一般の商業路線によるジェット機を乗り継いで、世界を何時間で一周できるかという企画に選ばれた時に、同乗の新聞記者から習ったものである。当時の飛行機はハワイまでも飛べなかったので、まずウェーキ島に給油のために降りた。その次がホノルルである。飛行速度を上げるためにはジェット気流を利用しなければいけないので、私たちはどうしても東回りの飛行機で世界一周をしなければならなかったのだ。

同乗の社会部の記者は、彼なりにたくさんの仕事を抱えて乗っていた。私自身は、よく覚えていないのだが、帰ってから何枚か雑駁な記事を書けばいいだけだった。

「どうやって記事をお送りになるのですか？」と私が聞くと、彼は、「テレックスで送るんです」と言うのである。

私は当時、テレックスとはいかなるものかもわからなかったのだが、どうやら日本語をそのまま音の通りのアルファベットに直して、それを電信で送るシステムらしかった。同行の記者は日本語で原稿を書くと、それを持参のタイプライターでアルファベットに直す。なかなか手間のかかる仕事であった。私は次第に見ていられなくなり、「私は少しはタイプを打ちますので、お書きになった原稿を横文字に直すお手伝いをしましょうか」と申し出た。

後で考えてみると、私の技術はひどいものであった。ミスタイプだらけに違いなかったのである。しかし、その記者に言わせると、東京の外信部の判断能力というものは素晴らしいもので、少々間違えていたって、文脈から推測して美しい日本語に置き換えてくれるというのである。それで私はかろうじて無謀な申し出で顔を立てさせてもらうことになったのである。

ハワイでは、日本からそういう飛行機が来たというので歓迎式があった。恥ずかしくて嫌になった。しかしこの無謀な企画のおかげで、私が地球というものを実感としてわかるようになったのも事実だった。広い太平洋を渡り、アメリカの西海岸に辿り着く。おそらく当時は六、七時間かけて緑のカリフォルニアから砂漠地帯を横切って東海岸に達し、そして再び小さな大西洋を横切ってヨーロッパに入る。

飛行機はそのまま小さくて暗い森の続くヨーロッパを横切って、カイロの空港では、新聞記者はかなり長い原稿を持っていた。すると有名な新聞社であるにもかかわらず、今でいうクレジットカードで「電信料」を支払おうとすると、カイロの空港は新聞社の名前を信じず、支払い能力があるかをずいぶん疑っていた。まだそんな時代だった。

イランからインドに入り、そこで私はアジアに出合ったのだが、それは赤黒い土の続いた不機嫌な大地であった。そしてまもなく大地は湿気た川のそばに密生する緑地帯を見せるようになり、東南アジアの東の部分はほとんどが密生したジャングルだということがわかった。

詳しい記録は覚えていないのだが、六十時間あまりで私は日本に帰ってきた。今にして思うと実にもったいない馬鹿げた旅だが、二十代の私は地球の概要を感覚として受け止められたことに満足した。この地球の端っこに浮かぶ日本という小さな島国で私は一生を終わるのである。しかし私でなくたって、誰だってそう思うだろう。ヨーロッパの貴族に生まれたって、黒々とした森の一隅にあるお城に生まれて、そこで死ぬのである。だから問題は、地球上のどこで生まれ自分が何を望み、どれだけ果たしたかということの自覚だけである。

私はすでに人生の望みは大きく持っていなかった。小説を書ければいいとは思っていたが、私の心理の中にはどこか、この地球の一隅で生かしていただければありがたいことです、という思いが深かったのである。その時私はまだ、後に行くことになったアフリカや南アメリカの貧困などというものをまったく知らなかったのだが、それでも戦争中に生きるか死ぬかの危険に遭い、食べる物もない生活をしたので、生きていられればありがたいという、今考えると実に素朴な基点は持っていた。

生きる目的を持たずに死ぬことはできない

その当時すでにはっきり自覚していたかどうかはわからないのだが、私が日々の暮らしの中で、午前中の目標、今日一日の目標というふうに、きわめて小刻みな計画を立てていたのも、自分を救うためであった。長い先の大きな目標を立てると、必ず途中で大きく狂う。私はその運命の残酷さのようなものをかなり本気で予測していたのだ。

人生というのは、思い通りにならないものだ、ならなくて当然だ、そんなものだ、という感じであった。それでも人間には小さな幸福というものが与えられている。こんな時に食べ物の話など持ち出すとおかしいのだが、夏休みの暑い盛りにスイカやアイスクリームを食べることができただけで子供は満足する。そんなようなものさえあればいいのである。

この人生の目標というものは、年齢によってどんどん変わってくる。情けない話だが、私は中年の頃に何を望んでいたのか、実は今ほとんど明確に思い出すことができない。私は小説を書くために実によく取材をした。現場が手に取るように見えなければ、小説に手をつけられなかった。外国で貧しい家族の住む小屋があれば、その人たちがどんな食器で毎日何を食べているかまで詳しく知らなければ作品に手をつけてはいけないと思っていた。

だから私は取材をしたのだが、そのうちに次第に取材の目標は狂ってきたようにも思う。私はつまりそのような口実で人の人生を覗（のぞ）かせてもらっていたのだ。そして次第に私は「人の生涯を覗く」ということに意味を見出して、その内容を作品に使うことなどどうでもいいような気さえしだしたこともたびたびだった。

中年のある日、私は一人の男の話を聞いた。話をしてくれた人の、それは身内なのか友達なのか、まったく関係がわからない。

ただ、まだ日本人がどこの外国にも行けなかった時代（日本政府が外貨の不足を理由に渡航許可を出さなかった時代が実に長く続いたのである）、一人の恵まれた家庭の息子がアメリカに留学することになった。目的地が東部のニューヨークかワシントンか、あるいは中西部の町だったのか、そういうことも私は覚えていない。とにかくロサンゼルスから彼は大陸横断鉄道に乗って東に向かった。そして何日目かの夕方、広大な中西部の平原の中に列車は停まった。

その時に彼は落日を見たのである。それは恵まれた家庭に生まれて、順当な人生を歩いてきた若者がかつて一度も見たこともないほどの壮大な落日であった。彼はフラフラとその荒野の中の駅で列車を降りた。それだけでなく、そのまま人生を降りてしまったのである。彼は留学先の大学にも行かなかった。父親がやっている会社を継ぐために日本に戻ることもなかった。

この話を今でも覚えていることをみると、私は彼の人生に深く同感したらしい。私には留学の機会もなく、継ぐべきほどの父親の会社もなく、したがって降りるべき人生の駅もなかったのだが、それでも私は自分の魂を売るほどの、ある感動というものがある瞬間この世にあり、私たちはそれに殉じていいのだという思いを確認したのであった。

インドの寡婦殉死（インドでは夫が死ぬと、その遺体を焼く炎の上に未亡人が身を投げて死ぬサティという習慣が一部にあったという）というものを私はよく知らないのだが、おそらくそれは本当に夫を愛していたから共に死んだというより、家名や体裁を繕うために無理矢理に死なされたものではないかと思う。それほどに救うべき家名があるならば、それは死んでも本望という考え方もあったのかもしれないし、それほど愛している夫なら共に死ぬのが幸福と思った妻もいるかもしれない。しかし普通の夫婦なら、どんなに愛していてもそれだけは熱くていやだと思うのが普通ではないか。

ただ私が命を懸けるほどの情熱というものがこの世にあるとすれば、私もそれを持ちたいと願ったことは本当である。それが常識的な世界では愚かであろうと、そうした判断はその人にとって唯一無二の満たされたものなのである。

この目的を持たないで死ぬことはできない。裕福な家の青年が見た落日と同じように、私たちは地平に遠く見える、魂を震わすような目的を見つけて、それに向かって死まで歩き続けるのがいいのだと私は思っていたのである。

そんなことを言っても、当時私が命を懸けるほどの目的を持っていたわけではない。ただ私にはしたいことがあり、それを目標に生き続け、そして死ぬ時に、

「うまくいかなかったわ」

と言うだけでも、人間的だと私は思ったのである。

しかし、自分の乗った列車の彼方(かなた)に自分の地平線を見つけ、そこに生涯でたっ

た一日だけの落日を見なかったということは、人生の失敗ではないかとその日以来、私は思い続けていた。

人生の半ばで生涯を見通す

後年、私はその話の舞台になった場所と思しき中西部を、今は亡き詩人の田村隆一氏と私の夫と三人で列車で通った。もっともこの場合は東から西へ向かったのである。彼が消えた土地はどこか私にはわからないのだが、たしかターンブルという駅で列車は長く停まった。時刻表を見ると一分も停まらずに出発する予定だったが、アメリカでは国内でも時差があるためにタイムゾーンが変わるので、列車はちょうど一時間停まったのである。

戦争中、田村氏は海軍少尉、我が夫は陸軍二等兵であった。それでも二人ともれっきとした旧軍の軍人だったのである。その土地は駅舎があるだけで、村も家もない。なんでこんな所で汽車が停まったのかわからないような土地であった。駅前だけでなく目に見える限り、通りもなく、店も家もない。

「戦争に負けてよかったな」

と夫が言った。

「うん、そうだ」

と田村氏が言った。

「うっかり戦争に勝ってみろ。俺たちこういうところの小さな駐屯地の司令官になってしまうんだ。こんなところにずっと生きていられるか」

夫がそそのかすように言った。田村氏は早くロサンゼルスに着いてバーに行きたいということばかり考えているのであるが、

「こんなところで戦車隊の隊長にでも任命されてみろ。逃げる場所もなくて死んじまう」

と二人の敗残兵はそこで意見が一致して、安心したようだった。

人間は時々、人生の半ばで生涯を見通すと思うような時間があってもいいのである。

［第三話］

私たちは日常性の中で
なんということなくある日
この世から「劇的でなく」
消えるのがいい

高齢者は結婚式にも葬式にも出席しないでいい

死んだのは他人だということになると、私たちは社会的な礼儀を保ちつつ、ほとんどの場合は、儀礼的な礼を尽くす範囲で終わる。

もちろん、死者と自分との関係、あるいは死者の年齢によって、受ける感情の強弱はあるだろう。人間は平等でなければいけないなどと言うが、やはり若い人が死ねばその痛ましさは強くなるし、結構な歳まで生きた人が臨終を迎えれば、「あの人もまあまあいい人生を送ったじゃない」と言える心境になる。

他人の場合なら起きたことは軽く思え、自分が死なねばならないということになると我を失うほどになるというのは、自然とはいえ、私にはそこにいささかの幼児性を感じると言うほかはない。つまり、できれば死は他人の場合も自分の場合も、淡々と「この世から去るべき時が来た」と思うに留めたいのである。

お葬式に人を集めたがる家がよくある。大勢の人が集まるほど、死者は社会の仕組みの中で重い存在であったということになるのだろうが、高齢者の死はほとんどの場合、葬儀に出席する人もいない。同級生も多くが死に絶え、生きていたとしても葬式に出て来るだけの体力や健康を失っていることがほとんどである。

私は昔から高齢者は結婚式にも葬式にも出席しないのがいいと思っていたのだが、それは毎日のルーティーン以上のことをすると、年寄りの健康にはひどく差し障（さわ）るからである。

一度、私は世にも残酷な話を聞いた。二月の寒さが身にこたえる日だったと思う。私とほぼ同年の知人の女性がひどい風邪をひいているのに、これから出かけなければならないというところに会ったのである。

「どこへ行くの？」

と聞くと、

「お通夜があるのよ。亡くなった方を直接には知らないんだけど、奥さんとお稽古事で知り合っていたの。それで奥さんから電話がかかってきて、本当にちょっとでもいいからお顔を出していただけませんか、と言われたから仕方がないでしょう」

私は情の薄い言動をすることが平気だから、「怒られても行かなければいいのに」と言ったのだが、心の中では、そんな人とは今後、友情が続くわけはないとも思っていたのである。

もし本当の友情があるなら、人は相手やその家族の健康、平穏、安全、幸福をこそ望むのであって、相手を自分の家の社会的な評判や名誉を確保するための宣伝材料として使うはずはないと思えてくるのである。

そしておもしろいことに、死者はすでに人が集まろうと集まらなかろうと、どうでもいい彼方にいるのである。

死の瞬間を見せたくないし見たくない

人はある日、春の落花（らっか）や秋の落葉（らくよう）のように、そこに在った枝からフッと消えてなくなるような去り方が美しいと思う。しかし人間は植物ではないのだから、その前に同時代を生きた家族や友人たちと心を分け合う時間を充分に過ごすべきだろう。

私は少しも風流ではない人間なのだが、そういうことを思うと、なぜか桜が登場してくる。

昔、私の知人にひどく母親思いの男性がいた。エディプスコンプレックスと言っていいのかどうかわからないが、男性は母親に精神的な根拠を預けていたとも思われた。母がほとんど恋人のようになっている男性もたまにいるのである。なぜ私がそう思ったかというと、その人は、

「母は桜が本当に好きでした。毎年毎年、桜を追いかけて、日本中を旅行していました。今回母が亡くなって、私は母のお棺を桜の花でいっぱいにして旅立たせてやれました。簡単に言いますけど、桜の花の手に入る時季に死ねる人というのはあまり多くはないでしょうから、本当によかったです」

と言ったのである。

バラや菊やカーネーションなら一年中、我々は花を手に入れることができる。しかし、お棺の中をいっぱいにするほどの桜を枝に咲いたまま集められる時季というのは、確かにそんなに長くはないのかもしれない。

この話を今でも覚えているところをみると、私はその息子という人の言葉を自然に温かく受け止めたのである。それは、「相手を気にかける」ということの一つの視覚的な表れであった。

また、私の知人の一人は老母を入院させていた。四月初めのことである。母は高齢者だったから、はかばかしくは治らなかったが、今日明日に危険が迫っているというふうにも医師は告げなかった。そして知人はある日、病母を車椅子に乗せ、病院の屋上に上がった。屋上の周囲は「東京にもこんなにも桜があるのか」と思うほどの花の海が見えるところだった。二人はそこで十分間ほど花見をし、そして、「風邪をひくからそろそろ入りましょう」と言って病室に戻った。それからその人は母親といくつかの打ち合わせのようなことをし、最後に

「じゃあ明日また来るわね」と言って病室を出た。

ほんの三十分ほどでその人は自宅に帰り着いたのだが、ドアを開けるとベルが鳴っていた。それは病院から母の急変を知らせる電話だった。

もう一人の知人は長い間外国で仕事をしていた。母親ががんで手術をしたのだが、その後に転移が見つかり、もう先が長くないと聞かされた時、彼は忙しい中で時間を作って、アメリカから日本に戻った。それまで知人や親戚の人に任せていた母をある病院に移し、そこで経営しているホスピスに入れてもらう手続きをした。もっとも、その瞬間にはホスピスはいっぱいで、五日ほど待たねばならなかったのである。

「変なものですね。他人の死を待っているわけではないのだけど、誰かが亡くならないと入れないんですよ」と彼は言い「五日というのは微妙なところで、僕がアメリカに帰らなければならないのが五日後なんです」と続けた。

私は無残さを感じた。人間の努力もお金も交渉も一切有効でないというある運命がそこに横たわっていた。しかし五日間を待つことなく、ホスピスは彼の母に病室を提供してくれた。記憶は確かではないのだが、三日目ぐらいのことだったと思う。ある意味で私は安心し、「よかったわね、数日でも一緒にいらっしゃれるから」と言った。

ホスピスというところには、なんの規則もなかった。ペットを連れて行ってもいいし、見舞いの時間にも制限はなかった。昼間であろうと、夜であろうと、行きたい時に行けばいい。そして病室はすべて個室だったから、泊まりたければベッドを借りることができたし、床の上に寝てもいいのである。

そのホスピスは殊に入口近くに喫茶店を置いていた。人気があるのは、ホスピスらしからぬ香りが玄関を入ると漂うことだった。「ホスピスなんぞ死んでも行かない」と言っていた別の男性を、家族がなだめすかすようにしてそのホスピスを見せに連れて行った。すると、玄関を入るやいなや芳(こう)ばしいコーヒーの香りが漂ってきたので、病人の考え方はすっかり変わった。「こんなところならいい」と言い出したのだという。

アメリカ在住のその人は、それから泊まり込みで母と数日を過ごした。彼は

私に電話をかけてきて、

「あらゆる思い出話をしました。ほかに喋らなかったことはなかったっけ？と言って、二人で思い出して話そうとしたんですが、ほとんど全部話し合っていました。僕は×日に予定通り帰りますが、お互いにもうこれで思い残しはないだろうと思います」

と言った。

彼が飛行機に乗っている間に老母は亡くなったのだが、屋上から最後の桜を母と見た人も、「お互いに死の瞬間を相手に見せたくもなかったし、こちらも見たくなかったような気がする」と言っていたから、死というドラマに近親者を立ち会わせることを避ける気分は、どこにでもあるのかもしれない。

それとなく別れを告げてくるのも悪くない

私は夫の両親と私の母との三人の晩年を一緒に過ごしてもらったのだが、私は小説を書いていて忙しく、三人の老世代に「お仕(つか)えする」ような気分も行動もまったくとれなかった。ただ私は「とにかく一緒に暮らした」のである。

今でも覚えているが、最後に残った夫の父は九十二歳で、自分の妻の死を理解していなかった。

「今日は婆さんはいないな」

とある日、夫の父は息子である三浦朱門に言った。朱門はまた情緒のない人だから、「婆さんはもう三年前に死んじゃったじゃないか」と言ったのだという。するとと夫の父は、「僕は何も知らされておらんかった」と言ったので、私はまた後で心配になった。夫の父が九十二にもなってにわかに配偶者がいなくなっていたことを知ると、大きなショックを受けて心理的に立ち直るのが難しいのではないかと心配したのである。

しかし夫の父にその気配はまったくなかった。同じ日の午後にはいつもと同じようにパイプたばこを吸いながらイタリア語の本を読み、ドロドロになるほど濃いコーヒーを自分で淹(い)れて飲んでいた。多分人間は老化すると、あらゆる現実を受ける機能が鈍化し、したがって喜びも悲しみも深みを失うのだろうということが見ていてわかったからである。

そしてその義父が亡くなる日——といっても私たちにはそれがその日であるとはわからなかったわけだが——私は朝から夫の父が住んでいる古い家に出入りして、いつもと同じように家事を見ていた。つまり昼ご飯には何を出すかとか、バターを切らしていないかとか、コーヒーが減っていたらなくなる前におじいちゃまを連れて駅前まで買いに行ってもらいたいというようなことを家政婦さんに頼むといった仕事である。その間にも当時うちで飼っていた東京一器量の悪い猫が夫の父の家のほうにも入り込んだので、私はその猫を叱り、ドアをバタンと閉め、窓を開け、実にやかましく立ち振る舞って、これがその厳粛な日であるなどとはまったく思っていなかったのである。

細かいことはもう忘れているが、つまり、夫の父はその日も前の日と同じように、荒っぽい嫁の立てる音や猫の鳴き声や、台所のお鍋の蓋が煮え立ってカタカタ鳴る音を聞きながら、息を引き取ったのだろうと思う。そして私は、そのような日常性の中で私にとって舅と呼ばれる人を見送れたことは、かなり成功だったと思っている。

そのようにして私たちはなんということなくある日、この世から劇的でなく消えるのがいいのである。

しかしそれには、やはり心理的・物理的な準備は要る。アメリカの映画などを見ていると、警官が出先から「今日は家へ帰れないよ」と妻に知らせる時も、放蕩者の親父に困り果てている息子がうまく父親を追っ払えた時も、口やかましい母親に「今年の夏は一緒に過ごせない」ということを告げる中年男も、すべての場合に最後に「愛しているよ」と言うのである。これらの行為も、すべて死別のための準備だ。

「愛しているよ」と毎日家族に言う習慣は日本人の日常生活の中にない。私はこの問題をある日、アメリカ人と結婚して離婚した友達に聞いたことがある。

彼女の夫というのは一種の知的な学者風の仕事をした人で、戦後ＧＩとして日本にいたこともあるのだが、決してただの兵隊ではなかった。どちらかというとジャパノロジスト（日本通）のような専門家であったのである。そこで私の友人と出会い、二人は何十年かを過ごした。彼女に言わせると、夫は日本をよく知っていたから、毎日のように「愛してるわ」と言わなくて済むのだと思っていたのだという。言わなくても愛していることはわかるというのが日本人の考え方だからである。しかし、「主人はやっぱりアメリカ人だったのよね」と後年、彼女は言った。離婚する前に夫婦がどれだけ喋り合ったのかは知らないが、アメリカ人である夫はやはり彼女に毎日のように「愛しているわ」と繰り返して欲しかったらしいと言うのである。

離婚した夫はその後、アメリカ人の学者と結婚した。それ以来、私は心の奥底で国際結婚は避けたほうがいいと実は思っているのだが、誰にも強要したことはないし、そんなことを言っただけで叱られそうな空気さえある。原則は、人は皆、自分の思ったような法則で人と付き合えばいいのだし、結婚をすればいいのだが、ただ最近私は、死ぬ前に自分が知り合った人々とそれとなく会って別れを告げてくるのも悪くないと思っている。

映画の『舞踏会の手帖』は、自分がデビュータント（社交界デビューのイベント）の日に、初めて踊ってくれた青年たちの名前を記した手帖を頼りに、何十年か後にそれらの人々を訪ねる美しい物語だが、彼らは夢多い少女が憧れるほどには華やかな生涯を送ってもいなかったり、その中の一人は彼女が何十年も年老いるまで住み続けた土地の、湖を隔てた対岸に長いこと住んでいたりしたのである。しかし二人は相会うこともなく、凡庸な老人になっていた。

もしこれらの男たちがいわゆる成功者になっていたのなら、彼らと結婚しなかった彼女は幸運を取り逃がしたとも言える。しかし深い関係にはならず、何十年かの時を流して、その後に自然な姿で生き、老いていった相手の人生を味わうことができるのもまた、時のおかげであり、この女主人公が老いて死に近づいていたからなのである。

［第四話］

晩年はいつでもやってくる。
だから金も知識も人間関係も
常に「整理」しなければならない。
人生は整理の仕方にかかっている

昔は国からの援助など期待していなかった

最近になって、「貧困老人」とか「下流老人」などという表現が現れて、まともに老後の予定を立てていた人々が、その場になると貧しさを味わわねばならないということが問題になっている。私は去年あたりから夫が半分くらい療養生活をするようになって、どういうところに予期せざるお金がかかるのか、よくわかるようになった。つまり、手すりとか余分なバスタオルとか、小物にお金がかかるのである。もちろん、認定された介護の範囲で現在の日本国家はさまざまな援助をくれるが、それでもなお、昔は病院まで歩いて行けた人が近くともタクシーに乗らねばならなくなったりして、その分の費用はどこから出るのか、ということになるのだろう。

それで当分の間、高齢者の生活状態が恵まれていないということで、老人と国家との間で喧嘩腰の対立が続くのではないかと思うが、明治生まれの私の母の頃は国家がそんなことをしてくれるものとはまったく期待していなかった。

私の子供の頃、小学唱歌というものがあって、その一部を思い出すと時代的な感覚の違いに時々笑い出す。

「村の渡しの船頭さんは、ことし六十のおじいさん」

という歌詞があったが、今では六十歳がおじいさんなどと言ったら叱られるだろう。ほかに私が覚えているのは「稼ぐに追いつく貧乏なくて、村の鍛冶屋はいつも繁盛」というのがあったところをみると、「経済上の計画というものは誰もあてにできない。ひたすら自分が働いて稼いで、貯めるという行為でしか安心できない」と思っていたのだろう。

この感覚が狂ったのは、貨幣価値の変動があったからである。ある人が昭和初年に美術品の骨董市で五百円の香炉を買った。たまたまその人は綿密な人で、和紙に書かれていたその時の値段を箱の内側に残してあった。昭和の終わり頃、その人は老齢になりお金が要ったので、その香炉を売った。するとその香炉は五百万円で売れた。五百円が五百万円になったので、一万倍になったことになる。こうなると、算数の苦手な私にとっては、もうお金というものは額面で扱えないものになってしまう。当時の五百円はサラリーマンの月給よりはるかに高かったということなのだろう。

そんなことが無計画に暮らしてもいいという理由にはならないのだが、そのうちに昔風に言うと「爪に火を灯す」ように貯金をしなければ老後の安泰は望めないという思いが次第に崩れてきた。一つは貨幣価値の変動だったわけだが、もう一つはローンという名の借金に関して人々が平気になったからだろう。

ローンは借金ということなのである。明治生まれの父母から私が受けた教育では、借金は「決してしてはいけないもの」であった。だから言葉は英語になったけれど、ローンが借金であることに違いはないと知ったら、絶対に許さないであろう。「貯めたお金で買えないほどの高いものなら、それは諦める」というのが人間の普通の生き方であったのだ。

その時代の人々はどうやって家を確保していたかというと、まず土地の値段が安かったというのは明らかである。東京では麹町、麻布、渋谷などという土地に昔ながらのお屋敷町があり、庶民はそれらの土地を買うことができなかったから、当時は郊外電車と呼ばれていた私鉄の沿線に新しい街を作って、そこに自分の家を求めたのである。

私自身の例で言えば、私は葛飾区で生まれたのだが、五歳前後の頃に当時は大森区と言っていた現在の土地に父母が家を建てたので移って来た。だから、意識の中にある〝育った家〟というのは、今住んでいるところである。もっとも、その頃の住宅地の観念が非常に田舎風であった証拠には、私の家も縁側から五メートルほど先に柿の木を一本植えていた。昔の農家では必ず植えてあったのだ。だからその木は樹齢百年近くになるのだが、いまだによく実がなる。種がいっぱい残った昔風の甘柿なのだが、我が家の夫は築地の一流料亭に卸したいほど、おいしい柿だと自称している。

「人生の持ち時間」は誰も計算できない

戦争後、ほとんどの人が財産を失った。家を焼かれた人もいたし、預金は封鎖に遭ってまったくその価値を失った。どんな金持ちも貧乏人も月々五百円ずつしか預金が下ろせなかった時代というのを私は覚えている。当時の富裕層というのは進駐軍とつながりのあった人で、そういう人たちはバターとか砂糖とかチョコレートといった贅沢品を手に入れられたのだが、私たちはバナナさえ口にしたことはなかった。日本には長いこと外貨がなくて、そのような物を輸入できなかったからである。

国家と社会全体が貧乏であるということは、実は爽やかなものであったのだ。それを言うとまた今の人たちは怒るのだろうが、人間は本質的にイマジネーションに欠けているものだから、大金持ちの生活の実態を目の当たりにしなければ、別にうらやましくもないのである。

その頃はプレハブなどという便利なものもなかったし、家にお風呂がない家も珍しくはなかった。そこで銭湯に行くのである。銭湯は都会の中の温泉だから、実に贅沢なものであった。

私の本家の伯父は京橋八丁堀に住んでいて、家にはお風呂もあったのだが、伯母はいつも嘆いていた。どんなに寒い日でも伯父が必ず銭湯に行くのだと言う。十二月三十一日の大晦日にも伯父は銭湯に行って、風呂場でご町内の昔からの知り合いに会い、「今年はありがとうございました。来年もどうぞよろしく」と挨拶して、家に帰って来て年越しそばを食べる。「その道が寒いからお父さんは風邪をひくのに」と伯母はいつも心配していた。それでも銭湯がいいのである。私はこういう人たちのことを「東京土人」とか「東京原人」とか呼んでいたが、それは蔑称(べっしょう)ではなく、愛称のつもりである。

家は町の大工さんが建てた。だから間取りはその家の主人か主婦が自分で決めたのである。当時は安く上げようと思えば、二階家でなくて平屋か棟割長屋(むねわりながや)であった。私の幼い頃育った家もそうだが、ガラス戸はすべて手製の木枠だったから、隙間風が入り放題の、実に換気のいい、つまり暑くて寒い室内であった。それでもなお練炭中毒というのが起きたのだから私には理由がよくわからない。

昔の家の主な暖房はこたつで、こたつやぐらは大きくても一メートル四方くらいで、それよりもっと小さいものもあった。とにかく冬は学校から帰れば、こたつに潜り込む。出るのは陶製の火鉢に熾（おき）ている炭の上で自分のおやつ用の切り餅を焼く時だけであった。お餅は今のサイズの倍ぐらいあったが、私は大抵二個は食べ、二時間後の夕飯にご飯を三膳食べた。そして少しも太っていなかった。よほどおかずがなかったのだろう。しかし、こたつは子供にとって家庭の平安の実感であった。ぬくぬくと温かいうえに、母の声が聞こえていて、父が帰って来ない夜、私と母はこたつの上でご飯を食べた。

食器を片づけると私はそこで宿題をし本を読み、そのまま眠くなるとこたつ布団を引っ張って眠ってしまった。これは必ず後で叩き起こされて、まともな布団に寝かされるのだが、宵の口にこたつで居眠りをする時の幸福ほど純粋なものはないと私は思っている。

予期せざる変化は常にあったのだが、当時の人たちは貯金の額で自分の将来は賄（まかな）えるとほぼ信じていたようである。我が家にはなかったが、貸家を建て、家賃収入を老後の生活費に充てようと計算している人はかなりあった。

終戦後の長い間、私たちはそのような生き生きとした貧乏の中で暮らしていた。私の家にも長いことテレビはなかったが、息子は力道山のプロレスを見たい時には駅舎に付けられたテレビか、早く買った友達の家に上がり込んで見ていたようである。一九六四年頃になると、「オリンピックも来ることだしテレビぐらい買わなきゃ」ということになり、大抵の家で白黒のテレビを備え付けるようになったと思われる。

今、私が長々と述べてきたのはつまり、私たちは常に思い上がっていて、自分の人生を継続できると思っていたに違いないということだ。

私たちが結婚したのは一九五三年だが、私たちが最初に望んだのは、せめて五万円の貯金が欲しいということだったのを今でもよく覚えている。五万円の根拠は、盲腸になった時、手術を受ける入院費である。私はそれ以前から時々右の横っ腹が痛くなり、慢性盲腸の気配があると言われていて、お腹にいつも爆弾を抱えているような気分だったのである。あらためて言わねばならないが国民皆保険の制度が整えられたのは一九六一年のことだから、そこで私たちの生活は基本的にある種の安定を保障されたと言える。

今もし政府与党が選挙の人気取りのために国民全員に一律十万円ずつ配ってくれるとする。もちろん二、三日で飲んでしまう酔っぱらいもいるだろうが、家庭の主婦たちはその十万円をどう配分するかということをずいぶん楽しみに考えるであろう。

しかし実は、人間はいつまで生きるかということの保障はまったくなされていない。つまり「人生の持ち時間」を私たちは誰も計算することはできないのである。これはまことにおもしろい人生の落とし穴であり、人間を思い上がらせないようにするための、神の差し金ではないかと思うことさえある。

人間の欲望の範囲とは、意外と小さいものである

人間にとって晩年はいつでもやってくる。十代でも晩年の人があり、三日だ

け生きた赤ん坊にとっては、その最後の一日は晩年である。その予定をまったく知らされていないということは、人間を謙虚にさせるためのものだろうと思うのだが、その自覚は意外と賢く使われていない。

私がそこにこだわるのは、先の見えない予定表の中で、私たちは常になにぶんかの「整理」をしていかねばならないということだ。今の私の暮らしの最大の興味は、その作業にある。

整理というと、物を捨てることだと思う人が多いようだが、学問的研究も整理なしにはまったくできないものだということを私は友人の学者の生活を見ていて教えられた。その人は考古学者で、外見は一見、物にこだわらない人物に見えるのだが、その整理整頓の技術たるや恐ろしいほどであった。出土した物から自分の身辺の日用品まできちんと整理しなければ、学問的生活が成り立っていかないらしいのである。

整理の対象は広範囲にわたる。知識、人間関係、作業能力など、その時代時代によって要らないものと不可能なものは切り捨て自分が受け容れられる範囲の空間的な広さにおいて、必要な物を使っていくほかはない。人間の一生というものは、多分にこの整理の仕方にかかっているとさえ私は思うことがある。

私は昔から金持ちの生活の恐ろしさばかり考えてきた。ドナルド・トランプ氏のような金持ちになったことがないのに、ご苦労様な話である。極端な話、別荘が三六五軒あったら、一年に一泊ずつしか泊まれない。その別荘がハワイとニースと香港とケニアにあるとしたら、移動するだけで疲労で死んでしまうだろう。かつてのフィリピンのマルコス大統領の奥さんが三千足もの靴を持っているという噂があったが、三六六足以上あるだけで、一足の靴は一年に一度も出番がないことになる。そのように考えてみると、人間が欲する欲望の範囲というものは、意外と小さくあることを運命的に強いられているのである。

しかし人間にとって基本的な贅沢というものが私の観念にはあって、それは、かつての私の家のように冬は極端に寒くないこと、いたたまれないほど暑いトタン屋根のバラックに住むような貧しい暮らしをしなくて済むこと、上下水道の給排水がいいこと、温水で体を洗えること、交通の便がいいこと、道が夜でも物理的・社会的に安全なこと、医療設備があること……などが叶えられていないと、私もやはり戦後贅沢になっているから、生活に不満を感じるのである。

しかし社会と国家が、私がたやすく思いつくだけの条件さえ整えるということは至難の業である。アメリカといえども、浴槽の水が素早く流れていかないホテルというものはいくらでもあって、私は上水道が出るのと同じくらい、排水能力の優劣をもってその土地の文化を計っているくらいである。

犠牲なしに人間が何かをなし得ることはほとんどない

人は死ぬまでに人間関係の整理をつけなければならない。その第一は家族であり、次に働く場所で会う人々、あるいは学校で知り合った友達などである。それらの人々すべてとうまくやれるかどうかということは、私にはまったく自信がない。私は見捨てられた友人もあり、相手が気難しくてどうにも付き合えなかった人もいる。しかし、それらのことは大した問題ではないのである。人間は常に集合離散を繰り返すものだろうし、そこで出会って親しくなる人というのは、「神秘的な」と言いたいほどの運命に操られている。だから私の人間的な操作などというものはあまり役に立たないというのも本当なのだが、それでも人間関係をいいものにして死んでいけるということは非常に大切なことだと私は思っている。

そのために必要な二つの徳は「寛大」と「赦し」である。寛大はその人の魂の受容量を示し、赦しはその人の精神の強靭さを示す。どちらも私にはあまり備わっていないようにも思うのだが人は憧れからスタートしなければならない面もあるので、備わっていない徳でもなお目標にすることはできる。

キリスト教においても、赦しは実に大きな美徳となっている。すでに書いたこともあるのだが、かつてスペインの市民戦争の時、数人の子供を残して父親を殺された一家がいた。そのうちの一人が、後にその母の言葉について語ったものがある。母は子供たちに言った。

「私たちはお父様を殺した人を赦すことを、生涯の目標としなければなりません」

最近、世界平和を願う人たちの発言がたくさんあるが、この母の悲痛な言葉には犠牲が付きまとっている。犠牲なしに人間が何かをなし得ることはほとんどないと私は感じている。

［第五話］

六十歳を迎えたら
自分はどのように金を使い
何をしたら満足するか
事前に少しでも予測すべきだ

人間はみんな「ほどほどのもの」

人間は、ある日突然死ぬように思っているが、高齢になった私の実感では、死への道程は非常に早くから起こっているのである。何歳ぐらいからかと言われると困るのだが、私の場合はもしかすると六十ぐらいからその実感があったように思う。体の内部で、ある種の崩壊か変質が起こっているように感じたのである。私は五十歳の時に目の手術を受けて、それまで生まれつきに強度の近視だった目が、突如として人並みの視力を得るようになった。それで私は自分が健康であると思い、また新たな境地に進めるような気さえしたのである。事実、私は五十三歳の時にサハラ砂漠を縦断したし、三十代の終わりから始めていた土木の勉強も止めなかった。

さらに、五十代にアフリカにたびたび行くようになって、そしてあの広大な大陸を理解したとは言えないが、少なくとも日本人の感覚とはどれほど大きく違うかを実感し得るようになった。つまり私はまだ新しい境地を開拓できると信じたのである。

しかし、新しい細胞の生成は同時に別の細胞の死亡も意味していたのかと思う。まだその段階では、私は足に骨折をしたほかは、体の行動に限度を感じることはなかった。しかし次第に「できること」と「できないこと」が起き始めたのである。行動に限度を感じると、「単純に暮らしたい」と思うようになる。前回からしきりに述べている「精神世界と物質的な日常の整理」に私が向かったのは、多分そうした事情だったろうと思う。

私は「人間関係を増やしたくない」と思うようになった。自分には付き合える人と付き合えない人がいるということがわかりだしたのである。その選択は相手の才能、経済力、学歴、地位……そのようなものには一切関係がなかった。ただ、私が独特の言葉で自分の心を語っても、それを大きく誤解することがなく、当然私が持っているはずの偏り(かたよ)を適切に修正しながら受け容れてくれる人でなければならなかった。事実その頃から——私の体力がほんの少しずつ衰えに向かいだした頃から——私は動物的に言うと非常に鼻が利くようになって、あえて謙遜せずに言えば、ほとんど瞬時にか、せいぜい五分以内に相手の性格を見抜くような能力ができだしたのを感じたのである。それは決して「こちらが相手を選ぶ」というような思い上がったものではない。人間関係においては、こちらも相手を選ぶが、相手にも同時に選ばれるという運命が付いて回るのである。そしてまた、そのような制約を乗り越えて、あえて誰とでも付き合えるという原則を採ってみたところで、その結果はあまりいいことにはならない。

例えば私は、写真を撮る時にすぐカニのような「ピースサイン」をする人とはほとんど付き合おうと思わない。それは単に平和主義を愛好するかどうかなどということではないのである。平和なら平和というものについて深く考えもせず、みんなが「カニ印」をするから指を二本突き出すような人は、つまりその人の個性がないのだから、私はどう話していいかわからないという気になるのである。

話すとまもなく、「あの方は××大臣のお姪御(めいご)さんですって」とか、「あの方のご先祖は伯爵で麹町にお住まいだったのよ」というような話が先に出てくる人とも億劫（おっくう）で付き合えないのである。もっともそういう話は、出る前から匂いでわかる。すると私は、心理的に逃げ出すことを考えるのである。

よく「ふるいにかける」という言葉があるが、私は人をふるいにかけていたと同時に自分もふるいにかけられていたのである。そのようにして「類は友を呼ぶ」と言うのだろうが、これは個性というものを示しているのであって、そのような操作自身は善でも悪でもないであろう。のっぴきならないのは友人関係ではなくて、姑と嫁とか自分と本家の関係とかであって、それは軽々に捨てることができないのかもしれない。しかしそれ以外の、後天的に、家族や血のつながりなく知り合った人に対しては、人は自然に選ばれもし、選んでいくことにもなる。

体力が衰え始めてから、私がしみじみとわかったのは、

「あらゆる人は善なるものと悪なるものとの混合だ」

ということであった。

つまり、善いだけの人もなく悪の塊という性格もないのである。そのような人物がいると信じたり、そのような人が登場する小説を愛したり、そのような形で人を褒めたりけなしたりする人とは、私は付き合えなくなったのである。

人間はみんな「ほどほどのもの」であった。ほどほどに悪くて、ほどほどに善い人なのである。そのほどほどを簡単に許される時に知人の中に個性というものの存在の場所ができてくる。個性そのものは、やはり善でも悪でもないのである。どんな人でも、その特性の使い方を間違えなければ、社会にとって大切な人なのである。

六十歳くらいから人は贅沢したくなる

最近たまたま、日産自動車ＣＥＯのゴーン氏の年俸の話が出た。日産だけでも十・七億円で、氏が他所(よそ)で働いている収入を入れたら膨大なものになるだろう。こういう話を聞いて、つくづく羨(うらや)ましいと思う人と、私のように一年に十億円ももらったら、どう使ったらいいかわからない人間がいるわけである。私はけっこう贅沢で、無駄なものもたくさん買う。自分の行動するすべてのところにハサミを置いておくのが趣味だし、住んでいる古家を直すのも趣味である。私はどちらかと言うと、建築家より直し屋の趣味があって、細部まで不都合をきれいに直して使う時にこの上ない快感を覚えるという性格らしい。だから、十億円を使えると言われたら、私は本当に当惑するのである。しかし、年間五十万円ぐらいは無駄なことに使うお金が欲しい。これも多分体力によるのである。

世間を見ていると、人は六十歳ぐらいからちょっと贅沢をしたくなる。考えてみると、男性の場合でもその年になると、子供はほぼ仕上がり、運が良ければ家も用意できて、後は何か自分の好きなものに使いたくなる。例えばスキーや登山に凝るとか、ヨットや別荘を買うとか、オペラや芝居を見だすとか、そういった一種の道楽を積極的に始めるのがこの年齢である。そして、私の観察では、このような一種の精神的な最盛期が十五年から二十年続く。十五年が経てば、その人は七十五歳になって、後期高齢者と厚労省が判定する人生の下り坂に差しかかる。二十年続けば八十歳になって、もう金があっても夜のバーのハシゴはできなくなるという年齢になるのである。

これは私の非常に勝手な見方かもしれないが、この年代に何をするか、自分はどういう金の使い方をするか、何をしたら満足するか、ということは事前に少し予測するべきだし、また、予測したルートには従って、そして「自分はこの愚かな情熱をやってのけたのだ」という満足と自戒の念を同時に持つべきなのである。

私はこの年代にアフリカに深入りした。アフリカ行きは旅費にはお金がかかるが、出先ではあまりお金の使いようがない。ホテルはろくなのがないし、私はゴルフもしないし、サファリの趣味もないから、アフリカで豪遊するということのイメージが湧かないのである。しかし、この時期に私が地味に続けていた道楽は、「ちょっといい陶器を買うこと」であった。

私は仲の悪い両親の下に育ったので、二人は六十代で老年離婚をしたのである。その結果、私は母を引き取って暮らすようになり、一人娘だったので、それまでに受け継いだと思われる皿小鉢は全部、父の再婚の時に持っていってもらってしまった。楽しいことに私はその時、「家財道具の一文なし」になったのである。これは実に爽快なことであった。それまでは親の買ったお皿や湯飲みでご飯を食べていたのだが、とにかく何もないのだから、自分で買うほかはなかった。はじめは安物を買った。お寿司を買ってきても小皿がないと醤油をつける場所がない。しかし私は、それから本当に長い間かかって、骨董ではないが、ちょっといい陶器を買った。料理はその頃から多分好きだったのだと思う。別に「この料理にはこういう器でなければいけない」というような、茶人の茶会のような厳密さは感じたことはないが、その食べ物の味が生きる器というものはどうしてもあるような気がしてならなかった。

そのようないきさつがあって、私はまもなく一応の食器持ちになった。それでもなお良いものがあると買いたくなるという病気は治らなかった。

女性の多くは衣服に金をかけるようである。女性作家の中には着物に凝る方も多かった。一九七〇年、初めてベストセラーである『誰のために愛するか』を出した三十九歳の時、私は今までにないお金をもらったので、それで二つのものを買った。〝氷の卵〟を生むアメリカ製の冷蔵庫と、結城紬であった。

「私、初めて結城を買ったの。勇気が要ったけど」と、ある男の作家に言ったら、「えっ、今まで一枚も持っていなかったの？」と言われた。

当時、氷の卵を生む冷蔵庫はアメリカ製しかなかったのである。そして、紬というものは、「パーティドレスか労働着か」というと、労働着に属するものであった。紬を着てパーティへは出てはいけないのである。しかし結城紬は恐ろしく高いものであった。私が買った結城の値段はよく覚えていないのだが、当時でも百万円は超すというものがざらにあったのである。

着物のほうの趣味は長く続かなかった。もっとも夫がケチで、「カクテル以上の格を要求される場合は、全部着物にしろ。洋服はすぐに流行遅れになる」と言うので、私は綸子の付け下げや訪問着を何枚か作った。しかしタンスが何本も必要になるほど作ったことはなかった。

一方、食器を買いたがる病気は決して止まなかった。六十歳で始まる中年後期の病気は、だいたい八十歳で体力が衰える時に終わるのだが、陶器を買いたがる病気は、私の場合、八十歳では治まっていない。しかしその頃になると、私の勘はコンピュータのように正確に働くようになっていて、自分の家の食器棚の空間というものが完全にインプットされていたから、「これを買ったらどこに置けばいい」ということもわかっていた。これは「老醜の才能」とでも言うべきものであって、そしてまた個人の購買力も社会と密接な関係にあり、「あなた方が良い市民なら、時々はものを買ってあげなさいよ」などという言葉も聞こえるものだから、私はいまだにその病気を治そうとはしていないのである。

もっとも、すべての道楽は体力を要する。別に三浦雄一郎さんのエベレスト登山でなくても、骨董屋の店先を覗くだけで、それなりの疲労はあるのである。

死に向かう前であっても愚かで幸せな境地に到達できる

八十二歳の時、私は何度目かのヴェネツィアに行った。私はこの街の退廃と悪の匂いが好きで、世界中で遊びに行きたい所というと、第一にヴェネツィアを挙げるくらいである。なぜなら、善も財産だが、人間の悪徳もまた歴史から受けた立派な複雑さなのであって、それをあの臭い運河のニオイから沈みかかった建物に至るまで、如実に見せてくれるのがヴェネツィアというものなのである。

私は何度目かの北イタリアの旅行で、「最後にどうしてもヴェネツィアに行きたい」と言い張った。それはガラスを買うためであった。陶器とガラスの趣味ははっきり違うもので、私はガラスに対する趣味をあまり持っていなかった。息子の妻は何よりガラスが好きなのだという。どこが違うのかなと考えてみると、片っぽうは透明で、片っぽうは透き通っていないということだ。

私はガラスの飾り方というものをそれまで知らなかった。しかし老年のある日、北欧の王家の女性が「ガラスは窓の開口部の手前に飾らなければならない」ということを言っておられていたのに目を開かせられた。私たちはガラスを平気で壁の手前に置いているのである。しかしガラスというものは、その典型が教会のステンドグラスだが、光を受けてこそその美を発揮する。

多くの古いキリスト教会の「バラ窓」と言われるものは、西に面した入口に作られており、電気も何もない時代の薄暗い石の教会堂の、しばしばそこに埋められた死体の臭(にお)いさえしそうな暗がりからバラ窓に差す西日を見る時、初めて死や罪から逃れられる希望と慰めと優しさをそこに見るわけだが、確かに陶器と違ってガラスは光を受けてこそ輝くものだということを私はその王家の女性の言葉から聞いたのである。とはいっても、我が家ですぐさま窓のこちら側に棚を作ってガラスを飾るなどという贅沢は望むべくもない。

私は勇んでヴェネツィアに出かけ、今まで足を延ばしたことのなかったガラスの村「ムラーノ島」まで行った。「ヴァポレット」と呼ばれる水上バスがムラーノの街のあちこちに立ち寄るのだが、私はどこで降りたらガラスの村に出られるのかわからなかった。すると、船の中にいた人が、「塔のある港で降りればいい」と言ってくれたので、私は彼の言うことに従って降りてみた。

ヴェネツィアのガラスには最近の、新しい作家の作品というものが出てきて、いわゆる昔のカットグラスとは似ても似つかないものを生み出しているのである。私はすでに体力がなくなっていたので、表通りをほんの数百メートル歩いただけなのだが、そこで「今回はたった一つ、これが欲しい」と思うボウルに出合った。見た瞬間から私は、その新しいヴェネツィアのガラスに何を入れたらいいかがわかったのである。

私はそれに冷奴を入れようと思ったのだ。冷奴は切らずに丸ごとそこに入れ、そして銀の網杓子（あみじゃくし）を添えて、食べたい人が好きなだけ取って食べることにする。おかかとネギと生姜は今のままである。

私が買った冷奴用のボウルの大きなサイズのものが電気のシェードとして使われていた。でも、冷奴には独特の大きさがあるのだ。大きすぎてもいけない。小さすぎても入らない。

帰ってきて、その話をすると、みんなが「ヴェネツィアのガラスに冷奴はおかしい」と言う。しかしそうではないのだ。私の中に冷奴というものに対する評価と、そしてそれを受け容れる光と色の屈折が何故かきちんと計算されていたのである。そのような愚かしい世界の作り方は、多分若い時にはできない。

冷奴の食べ方一つ、本当はどうでもいいことなのだが、ヴェネツィアの村の一隅を歩いて、そのガラスに巡り合った時に、瞬間的に「お豆腐を入れよう」と思った素早さが私の小さな歴史なのだと思う。だからといって無趣味な夫などは少しも喜んでいない。「豆腐は豆腐だ」という人だから。実は誰の役にも立っていないような気がする。しかし、

「私に目ができたのだ」

と言うことはできると思う。これは思いのほか重大なことで、私は自分の置かれた小さな世界ではあっても、その意義を瞬間的に、素早く、深く理解する能力を得たということなのだ。

「死」という崩壊に向かう前であっても、その境地に到達できたということは、多分人間にとって幸福なことなのである。

［第六話］

金の使い方、住む場所、人間関係……。体力を失うまでに自分の好みとする人生を選び取らねばならない

多くの人は「平等」を望んでいない

イスラエルの「キブツ」という組織と接触されたことのある方は、そんなに多くないだろう。キブツはヘブライ語で「集団・集合」を意味する言葉だそうで、私が視力や体の障害者の方たちと一緒に、たびたび聖地巡礼をしていた頃は、主に集団農場の形を採っていた。つまり、バナナ、オレンジ、レモンなどの畑を集団で作って、生活でも一種の共同体を作っていたのである。

詳しくはわからないのだが、彼らはめいめいの家で朝食を食べると、子供を託児所や保育園に預け、夫と二人で集団農場へ働きに行く。私の知人の日本人の青年はひと時バナナ園の仕事をしていたが、一房何十キロもあるような青いバナナの房を担がせられて、車に積み込む作業をしていた。それはそれはひどい労働だったという。しかし昼食も夕食も彼らは共同の食堂で食べていた。つまり、日本人の中でも私のように怠け癖の強い女は、「それは耳よりな話だ。

家でご飯の支度をしなくて済むのだから」と思いそうな生活体系だったのである。

当然子供たちは、兄弟以外の同年齢のほかの子と暮らすのだから、社会性も付き、親以外の人たちからさまざまなことを習う。

私たちがキブツと接触したのは、ホテルを経営しているキブツがあったからだった。ホテルはアメリカのモーテル風で、二階建ての棟もあったが、広い敷地に点在する建物は一階部分がたくさんあるわけだから、車椅子の人たちにとって大変便利だったのである。中には車椅子専用の障害者用客室というのもあり、ボランティアをしていた夫が一人の日本人の車椅子の男性を部屋まで連れて行くと、一目見ただけで「あ、もうご心配なく。ここなら僕は全部一人でやれますから。夕飯の時まで入浴も何もできます。食堂がわかりませんから、その時迎えに来てください」と言われたというほど、完璧な設備が整っていた。ただし質素を旨（むね）としているから、テレビもラジオも館内電話もなかった。

私が感動したのは、そこの食事である。このホテル経営を目的としたキブツの周囲にはたくさんの農家型キブツがあったらしく、実に新鮮な野菜が豊富に供されるのである。

イスラエルの朝食の豊かさというものは、世界一と言ってもいい。あらゆる新鮮な野菜を取り合わせたサラダ、離散のユダヤ人たちが覚えてきた鮭やニシンの酢漬け料理、ヨーグルトやバターの豊富さも日本では信じられないほどであった。すべて自家製である。また、卵料理も豊富にあったが、ハムやベーコンなどの肉料理は一切出されていない。それは、乳製品と肉類は同一のテーブルの上に載せてはならないというユダヤ教の掟があるからである。ママレードなどは手製のものが、日本人が梅干しを入れるのに使うような高さ二、三十センチの瓶にいっぱい出されていた。日本のママレードは中に入っているオレンジの皮が細く短く、比喩として言えばひじきくらいの面積しかない。しかし彼らの作るママレードは、中に入っているオレンジの皮の一片がそれぞれ切手一枚分ずつくらいある豊かさと強さであった。この飴色のママレードというものは、世界に例がないほどおいしい、家庭で作られたものであった。

日本人が観念として憧れたキブツ。そしてまた当然、イスラエル人たちもそこに理想を求めたであろうキブツは、しかし思いのほか長くは続かなかったようである。私は最近のイスラエルを知らないのだが、キブツの全盛期はとっくに去って、ただ生産工場として残った組織だけが残存しているのかもしれない。なぜ人々が、私たちから見ても理想に見えたキブツの共同生活を嫌ったかというと、多くの人間が同一の暮らしをしなければならないからだったという。

富ですら重荷になることがある

今でも日本の新聞を見ていると、「最近の安倍政権のアベノミクスはよろしくない」という。格差が広がり、日本人の、殊に老人の貧困は酷(ひど)いなどという記事が出ている。先日は「若者が貧しくて結婚もできない」とも書いてあった。もちろん、これらの貧富の感覚は個人差というものがあるから、ひと月の収入がいくらなら貧乏で、いくら以上あれば金持ちということは言えないだろうと思うが、かつての中国の「人民公社」、ソ連の「コルホーズ」のようなものが続かなかったのも、人間の本性が決して完全な平等を望んでいなかったからだと思う。

私が初めて中国に行った一九七五年、上海の付近で人民公社というところに何度か立ち寄って中を見学させられたことがあった。一戸建ての家は二間か三間で、水道はなく燃料も薪だったような気がするが、それは土地によって設備の状況は違っただろうと思う。しかしいずれにせよ、人民公社の家が何軒か立ち並んでいれば、それは一種の社宅のようなもので、本当に平等な造りだった。それが今では週刊誌を見ると、中国人は日本人の言う「高級マンション」をあちこちで建てて売り出し、先日は「世界の金持ち」というグラビアの中で、金ピカのトイレを作ってその便器の上に座っている中国人の写真が出ていたので、私は大切に切り取っておくことにした。

つまり、誰もが別に平等を好んではいないのだ。私が一つの理想とする鴨長明は「方丈」（つまり三メートル×三メートル）の小屋を作った人で、簡素という形の方向に向かって、他者と同じであることを嫌った。私は狭くて簡素なのは好きだが、方丈ではとても暮らせない。雑物が多いので、それだけの面積では布団を敷く空間もないだろうと思うからである。しかし鴨長明もまた、自分独特の贅沢な暮らし方を選んだのである。

私の周辺を見ていても、金や物が無限に欲しい人と、ある程度できっぱりと要らなくなってしまう人がいる。自分はそのどちらの流れに乗って生きているのかを見極める必要があるだろう。私は八十歳になる直前から物質的なものを「重い」と感じるようになった。お金は大好きだし要るだけは欲しいのだが、それ以上あると、札束さえも重くて嫌になる。

私は動乱のある国に行く時は、一ドル紙幣で三百ドルほど持って出かけることにしていた。それは、危険が迫った時に賄賂(わいろ)に使って、隣国に脱出するためである。一九七三年、アジェンデ大統領が死亡した直後のチリに入った時にも、私はチリに隣接するすべての国のビザを取り、三百ドルの札束を持っていた。ケチだから重いのだと友達は言う。十ドル紙幣にすれば、たちまちに重さは十分の一になるのだから、その通りであった。しかし、動乱の時には飛行機で他国に脱出できるとは限らない。南米を走っている長いアンデス山脈は大した高度ではなくダラダラと続く丘のような地形だから、そのどこからでも隣国へ出ることは現実問題として不可能なこととは思えなかった。その時に要るのは「現ナマ」である。

結局私はチリでのんびりと二週間ほどを過ごし、状況が次第に収まってきていたので、楽しみながらチリを後にした。陸路のバスを使ってアルゼンチンのコルドバという都市に抜け、そこからブエノスアイレスに飛んだのだが、一番先にしたことは、知人の修道女にその三百ドルの札束をあげて、せいせいしたことであった。ハンドバッグの中の容積がとたんに広く大きくなったのである。

今でもよく覚えているのだが、数十年前のある日の週刊誌で、やはりお金持ちの暮らしの写真が紹介されていた。その人は、なんという石だったか覚えていないのだが、墓石としては最高と言われる石で長いお屋敷の周辺の壁をすべて造ったというので、外側から見るとお屋敷全体が墓のように見えていた。それで、「死んでも墓を作らなくてもいいなら、まあそれもいいか」と私は思ったのだが、あったらいいと思う富が、重荷になることはしばしばあるようである。

日本では人生を選び取る自由が残されている

若い頃は私たち夫婦にも、知人がさまざまな声をかけてくれた。一つは東京で一、二を争う有名なテニスクラブがあって、そこでプレーできる人は会員審査を通ったメンバーでなければならなかった。つまり結果的にそこでテニスをしている人は、すべて上流階級と認められたらしいのである。友人が私に、「ちょうど一人分、会員の席が出たんですって。お宅の息子さんがテニスをやるんだったら、申請したらどう?」という言い方をしたのである。

これは厚意で言ってくれた言葉だから、大学に行っている息子にそのまま伝えることにした。息子は十八歳の時から地方の私立大学で学んでいたので、普段生活を共にしていないのである。すると息子は、「あのね、お袋さん。テニスなんてものは空き地の両側に棒を二本立ててそこに綱を一本張ればできないわけじゃないのよ」と言い、話に乗ろうともしなかった。

私たち一家は海が好きで、海のそばに週末の家も持っていたが、その対岸にはその辺で有名なヨットクラブがあった。大抵が大きなクルーザーと呼ばれる外航用のヨットで、ヨットクラブにある時は海面から持ち上げて台座に据え、クラブが保管しているというやり方だった。私は最初の頃、その光景を見るとちょっと感傷的になった。ヨットだけではなく、そこには高速で走るモーターボートもたくさん保管されていたからである。戦争の終わり頃、もしこれだけの数の高速モーターボートがあったら、これに爆薬を付けて体当りさせれば日本の戦況もいくらか変わっていたかもしれないが、当時の日本には、一般人のみならず、軍もそれだけの速度の出るボートを持っていなかったのだろうと思う。

ある時知人が「古いヨットが売りに出ているので買わないか」と夫に言って

きてくれた。私たちはものぐさで、時々は泳ぎはしたが、私が海が怖くて背の立たないところへは行けなかったし、夫と息子はせいぜいで一キロほど泳ぐとさっさと家へ帰ってきてしまっていた。ヨットの話を息子にすると、「僕はね、一人で動かせないようなヨットは困るんですよ。ヨットをやるなら、漂流中の帆掛け舟のようなディンギーっていう一人乗りのやつがいい」と言って、この時もやはり話に乗ってこなかった。

しかし、我が家みんなが非常に慎ましく金を使わない人種であったかというと、そうではない。この息子は大学生の時に二度もボルネオ奥地のダヤクの村に入っていった。今ではそんな風習はないのだろうが、昔ある時期には「食人」の習慣もあったという部族で、私は友達に、「あなたはどうしてそんなところに息子が行くのを許したの?」と言われたものである。

そのジャングルの奥にロングハウスと言われる長屋があり、そこに一族が百人近くも暮らしているような人々のところに、彼は一人で二度も入っていったのである。

「僕は一度目の時、実はちゃんと生きた鶏を買って奥地へ入ったのよ。餌なんか要らないんだ。その辺に放しておけば、勝手に残飯だの虫だのを食べて生きているだろうから。食いたい時につぶせばいいと思ってたんだ」

ところがそれが、うまくいかなかったというのである。せっかく足を踏ん縛ってカヌーで持っていった鶏は、一度放すと逃げてしまって野生化した。もちろん彼の口には入らなかったし、また首尾よく捕まえられても、百人近い大家族の中で数羽の鶏では、食べるに食べられなかったろうと思う。そこで彼は二回目の遠征の前に考えに考え抜いたと言っていた。相手に「どうぞ召し上がってください」と言っても、向こうが気味悪がって食べないものを持参することにしたのである。その結果、彼が思いついたのは、赤貝の缶詰であった。

私のほうは、高級な自動車も着物道楽もしなかったが、五十代の時にサハラを縦断した。もうこの辺りが過酷な旅をする最後の年齢に違いないと思ったからである。実はそんなことはなくて、八十歳になっても私はマダガスカルへ日本から医師たちを送るための支援の役目をすることになった。その田舎町には、私がかつて働いていたＮＧＯによって国際的な基準に適った手術室はあったが、麻酔器もその他の薬品類もマダガスカルにはどれだけあるかわからなかったので、最初の医療派遣の時には、一トン以上の貨物を同じ飛行機に積んで運ぶという後方支援の仕事があったのである。輸送費もかかるが、問題は「これらの荷物が途中で一個もなくならない」ことであった。日本人は飛行機会社に預けた荷物は目的地で必ず出てくると信じている。しかしアフリカ路線はそうではない。私の経験では、二十個の荷物をチェックインすると、三、四個は出てこないのはざらなのである。個人の持ち物なら、「出てきませんでした」で済むのだが、携行している荷物が医療用の薬品その他だとなると、麻酔器が一個出てこないだけで、あらゆる手術はできなくなる。

なぜ荷物がなくなるかというと、さまざまな理由が考えられるのであった。途中乗り換えの空港のどこかに泥棒の一味がいて、積み込むべき荷物を何個か失敬するということもあるだろうし、目的地に到着してから荷物の引き渡し口に出てくる間に消え失せることもあった。パリのシャルル・ド・ゴールという大空港は、どこへ行くにも乗り換えねばならない地点だったが、そこにも実に雑多な人々が働いており、民族の性癖として正確に貨物を届けることに意義を感じていない人もいた。するとその人たちの働くラインのどこかで荷物は消えていたのである。

サハラ縦断の場合は、特殊装備を施した日産の四駆を二台買わねばならなかった。サハラでもし砂嵐に遭うと、もちろん車は二メートル先も見えないほどの状況に見舞われるのだが、その間走らずにずっと止まっていたとしても、車のフロントガラスは一夜にして磨りガラスになってしまう。それでは砂嵐が去った後でも、運転が不可能になる。私たちはそのような状況を恐れてフロントガラスの前にカーテンを装着しなければならなかった。また、途中一三八〇キロ分だけ、まったく無人の土地を乗り切ることになる。これはだいたい青森から鹿児島くらいの距離である。その間、水とガソリンの補給がきかないのだから、それらを自分で持って、乗り切らねばならない。そうした生きるための基本的な防備のために、心とお金を使うことを私はしかし無駄だと思わなかった。安いマンションの部屋を買えるくらいのお金をそのために使った。が、ありがたいことに夫も息子も私のそういう道楽に興味がなかったので、説明するたびに上の空で話を聞いていて、「ふうん、それでいいんじゃないの?」と言うだけであった。

私は自分が稼いだお金は自分で勝手に使えると思っていたので、その当時、インタビューに来た新聞記者に「うちではそんなことで問題は起きませんよ。私は『私のお金は私のもの。夫のお金も私のもの』と思ってますから」と答えたのだが、その新聞記者はつまらない人で、「夫の金は夫のもの、私の金も夫のもの」などと書いたので、私は腹を立ててしまった。

人生は確かに平等に近くあるほうがいい。誰もが暑くも寒くもない空間で暮らすことができ、自分の好物と言われるものを食べられたほうがいい。しかし、世間が言うほど平等がよくはないのである。

定年後、過疎と言われている土地に移り住んだ人が、「本当にいいところで第二の人生を始めたと思っています。ここにはいい空気とおいしい自然の産物があって、天国のようです」などと言っているのを聞くと、私は半分しか信じない。確かにそのように思う人もいるだろうが、都会というものの贅沢はまた別なのである。

都会が最も豊かに備えているのは「人材」だ。実に変わったおもしろい人々がたくさんいて、そして豊かな「文化的な刺激」を用意している。だから私は歳とって田舎には住めない。田舎が過疎になるのは当たり前だが、しかしどんな人も都会に住むという選択の自由は残されているのである。

だから、人間はある程度体力を失うまでに、自分の好みとする人生をはっきりと選ばねばならない。金の使い方、住む場所、人間関係、それらを自分で選び取るのだ。それができないという不平は、目下のところ日本では考えられないのである。

大切なのは生き残る家族だ。
だから彼らが安心できる状況を
死ぬ前に作ることは
非常に意味がある

死ぬ前に善いことをしたいと誰もが思う

あるNGOに加わって長年働いていた人から聞いた話なのだが、時々なんの縁故もないのに巨額のお金を寄付してくれるという人がいるらしいのである。

善いことのために使うお金は、別に出どころを選ばない。昔、東京のどこかの区役所にヤクザがまとまった金を寄付しようとして、役所側がそれを断ったという事件があった。私は「それは差別であり、不公平であって是非とも受け取るべきだ」というエッセイを書いた覚えがある。聖書の中にも、「不正な金を正しく使え」という意味の箇所がある。紙幣には、その裏側に日銀を出てからどのような理由で誰の手に渡ったかという歴史は書かれていないから、自分の手元に来るまでの経過はわからないのだが、「実は大抵の金は汚れたものだ」と言う人さえいる。しかし、そんなことはどうでもいい。自分の手に渡った時点から、自分の理想に近い金の使い方の流れに切り替えて、その流れに金を乗せてやればいいだけの話だと思う。

だから、善きことのために寄付されるお金の出どころなど本来は詮索する理由などまったくないのだが、私もNGOをやっていて図らずも知ったのは、その寄付者の生涯を語られる場合があるということである。小さなお金はそれなりに心が温まる。

「お正月のお年玉の中から子供にコーラを買うのを止めさせて、五百円になりましたから、お送りします」という手紙があった。子供は「コーラを飲みたかったのに」と思うだろうが、教育的意図をわかる日が来るに違いない。

こんな形で寄付のお金を集める仕事というのは、時々その人の生活に思わぬ形で立ち入ってしまうのである。大きな金をまったく関係のない善きことに使う時には、一つの詩的な世界が背後に用意されている場合が多い。信仰のあるなしとは別に、「これは本当は母のお金なのですが、もうボケて動けなくなってしまいました。今のうちに母に代わって善いことに使っておいていただきたいと思います。母は自分が死んだ時、自分のした善行にビックリするでしょう」

というような世界なのである。

この贈り主（お金のそもそもの所有者の娘）は多分、神や仏といった明確な対象を信仰しているわけではないかもしれないが、それでも、漠然と人間は生あるうちに他人のために善きことをし、それがどこかで測られているはずだという思いがあるらしい。人間が一生のうちにしたことの善悪は、一神教の場合は明確に神に覚えられているわけで、それが一種の小気味よさでもある。

古代エジプトは一神教ではなかったのだが、それでも死ぬとあの世に天秤（てんびん）があって、一つの皿に羽が一本置かれ、反対側にその人の心臓が置かれる。心臓（犯した悪）の目方が羽毛一本よりも重ければ、それは地獄に行かなければならないという発想だという。

私はケチだったせいか、母の財産をそのような形の善いことに使おうとは思わなかったが、母の遺言もあったので、母の死後すぐ、登録してあった角膜提供のための機関に電話をした。人間の体はある歳以上になると使えない部位が多いというが、当時ですら角膜だけはかなりの高齢になっても移植が可能だということを知っていたのである。私は母の眼球提供の行為を誰にも相談しなかった。娘の私が最も身近にいてよく聞いていた希望だし、それに対して口出しできる存在が現世にいるわけがなかった。

母が亡くなったのは夜半ちょっと過ぎだったが、電話をかけると、大学病院から釣り師の使う冷蔵庫のようなものを持った人が現れて、母の目を処置し、代わりに義眼を入れて帰られた。その時、枕元に金一封らしいものが置いてあったので、私が「こんなことをしていただくのは、とんでもないことです」と言って押し返そうとすると、その人は、「いえ、うちの病院ではこういう制度になっておりますから」と言って、頑強にそのまま置いていかれた。供花か御香典の意味のようであった。しかし私はその時のことを後で皆に話している。あの時ほど母の死に対して、私の心が軽くなったことはない。それは、「一人だか二人だか知らないけれど、盲人の目を開けていった一人の死者に対して、もし来世があるならば、そんなにむごい仕打ちが待ち受けていることはないだろう」

という確信を持てたからだ。

私は盲人に近い生活をしたことがあるので、たとえ片方の目にせよ見ることができるようになることの、たとえようもない喜びというものを推測することができる。だからその時以来、母の死後は私の心配ではなくなったのである。「死んでいく者が現世に何か慈悲や功績を遺していって欲しい、あるいは遺していったほうがいいに違いない」

と思う感情は非常に原始的なものかもしれないが、誰にでもあるような気がする。私は来世があるともないとも言えないのだが、死者よりも大切なのはむしろこの世に生き残る家族なのだから、その家族が死者に関して安心を持てるような状況を作るということは非常に意味のあることである。

人生の計画として財産は処理すべきだ

その巨額の寄付（多くの場合、一千万円単位）がどうして送られるかということについては、私も経緯を知る立場になったことがある。非常に賢い婦人がいて、成人した子供たちもそれぞれに生活が成り立っているので親の金をあてにしなければならないような状況ではないのだが、自分の死後、いささかの対立も味わわせるのは嫌だという思いから、「自分が生きているうちに寄付をしてしまってお金がないことにしておけば、子供たちの間に騒動も起きないだろう」という配慮であった。

当時私は海外邦人宣教者活動援助後援会という組織の責任者だったので、私が預かるとしたら主にアフリカや南米の貧しい国々で働く神父や修道女を通して、その土地の最も悲惨な生活をしている人々のところに確実に行くはずであった。

例えばボリビアでは、アンデス山中で貧しく暮らすインディオの夫たちは、なんとかして現金収入を得たいと思って故郷の村を捨ててサンタクルスなどの都会に出てくる。しかしそこでもいい仕事が見つかることは滅多にない。彼らはやがて荒んだ気持ちになって、安酒を飲み、土地の女と親しくなる。アンデス山中に残してきた妻子に「もうちょっと待ってくれ。そのうちにお金を持って帰るから」と言おうにも、電話代はなく、携帯電話もなく、もしかすると文字の書けない人もいるかもしれない。そこでいよいよ故郷の家族とも縁が切れて、やがてその荒んだ生活がたたって結核を発症する。

私がサンタクルスで見たのは、そのような生活の中でも関係のできた女との間に子供たちが生まれているということだった。その子供たちに対して、失職中の父親は何もしてやることができない。もちろん小学校にも送れない。月謝代もなければ、靴やノートさえも買ってやれないからである。

その村を訪ねた時、顔見知りのイタリア人の神父は一人の男の子をずっと腕に抱いていた。知らない人が見たら、神父の子供だと見えたに違いない。

そのようにして山から下りてきて、ついに生活を立て直せなかった一人のインディオの男が、村の娘を犯し、村人に撲殺された時に残された遺児を、神父はずっと腕に抱いていたのである。神父たちは、「そのような子供たちもどうにかして学校に上げて暗い人生の連鎖を断ち切らねばならない」と感じていた。それには、村の中に学校を建てる必要があった。それで私たちに幼稚園から始めて、小学校、中学校、高校までを結果的には建てさせたのである。

だから、そのようないきさつを知らない人から集めた数千万円のお金は決して無駄になったわけではない。その国が地球上のどこにあるかもよく知らず、父親が撲殺された遺児を想像することができなくても、どこかで子供の命を活かすためにはきちんと使われているのである。

私はいつもお金を出してくれる人の動機を考えていた。別に年寄りや死病を抱えた人でなくとも、「生きているうちに自分の人生の締めくくりをしたい。できればそれを少しは美しく飾りたい」という気持ちはあるのだろうから、その思いが素直に伝わるような形で寄付が行われるほうがよいと思うのである。

知人から聞いた一番率直な寄付の理由には、「子供にやりたくない」というケースがかなりあるということであった。法定相続人というのがあるのだろうから、その人が生前、「全額をどこかへ寄付します」という遺言状を書いていても、当然幾分かはやりたくない子供の手に渡ることになる。しかしそれ以上は嫌だという人である。「あんな子供の手に渡るなら、全部なくして死んだほうがいい」というのがその情熱になる。

それでもいいと私は思うのだが、できればそのような憎しみの理由でお金を出すのではなく、やはり人生の一つの計画として差し出すというのが、後味がいいように思えてならない。

死ぬまでに果たしたい生きる目標

私はカトリックの修道院が経営する学校に通ったので、幼い時から主に二つの言葉を聞いて育った。

「人生は永遠の前の一瞬に過ぎません」

「人生は旅路に過ぎません」

である。旅路なら、どこへ到着するのかというと、それは来世の天国だと言うのである。長い一生と言うけれども、私たちの人生は永遠の前の一瞬に過ぎないということは確かだし、人生が旅路に過ぎないということも実感できる。

最近の日本のように地震やゲリラ豪雨に見舞われると、土地や田畑も流され、完成した自宅も流されてしまうこともあり得ることだ。いつも言うことだが、「安心して暮らせる人生」というのはまったくないのに、いい年をした大人も年寄りも最近では「安心して暮らせる生活を保障しろ」と政府に向かって言う有り様である。しかし、それはどんな政権でも果たし得ないことであろう。だから、持っているものを自分の生きているうちに自分の好きなように配分して、その用途を決めていくというのは悪いことではない。

その中には、非常に建設的な目的を持ったものもある。例えば途上国に病院を建てるというような話である。しかし、私のように現実を知ってしまうと、それもあまり信用が置けるとは言えない。途上国では、日本人の技術者たちが作っていったエレベーターも、日本人がいなくなって三か月もすれば、もうガタガタと壁にぶつかって動くようになり、手術室は埃まみれのまま放置されるようになる。だから、日本における一流の病院のような機能が途上国においても保たれるということは必ずしもないのである。

正反対の例も挙げておこう。場所をはっきり言わないほうがいいのだが、私はある時、あるリゾートで非常に美しい別荘を見た。その時は無人で、私の友人がそこの門番と親しかったので「お庭を見せてちょうだい」と中に入れてもらったのである。とは言っても、リゾート地だったので、建物も開けっ放しで、家の中まで見られるという便宜も図ってもらった。

その家の主はすでに死亡していたのである。どういう人かというと、彼は歯科医で、ゲイだという噂だった。しかし、首都の病院で金持ちの患者をいっぱい抱えていたので、非常に裕福な人であったと言われる。彼はそこに自分の理想とする別荘を建てた。暑い土地だから、鬱蒼とした緑の茂みに包まれている空間を作り出したのである。広々とした部屋が浮殿のように池の上に浮かんでいる設計で、水には蓮が生い茂り、次の部屋に行くには橋のような部分をつたって行かねばならなかった。

もちろん噂の域を出ないのだが、彼は週末に美少年をボーイとしてそこに集め、一つの夢幻的な生活をすると、週日にはまた首都に戻って、その街で名前の知れた医師の生活をするという繰り返しだったという。誰も真実は知らないのだが、おそらくエイズで死んだのだろうというのが、そのような物語のオチであった。

この話は九十パーセント嘘かもしれないのだが、話としてならこのような人生があってもいいであろう。自分が持てるだけの金を自分の欲望のままに集中して使う。夢を削ぐような言い方をすれば、それは一種の雇用に繋がるとも言えるだろう。美少年たちがどういう家の出か想像することもできないのだが、それによって金を得て、おそらく貧しい一家を養うことができる。

途上国では多くのエイズ患者が性産業で働いている。私の知人の神父の一人は南アフリカでエイズ患者のホスピスをやっていて、ここにも私たちがお金を出していたのだが、神父は立場上からも患者たちの経歴についてはほとんど聞かないようにしていたらしい。それでも人生の残り時間がごく少なくなった患者たちは、誰かに語って死にたいように見えた。短い人はそのホスピスに八時間ほどしかいずに息絶えた。あるいは三か月もいて、編み物を続け、「このセーターを身内の伯母さんに送れるようにして死にたい」と言って死んだ若い女性もいた。それらの人たちはほとんどが、かつて日本人が結核の家族を救うために色街に体を売って朝鮮人参を買ったと言われているように、親兄弟の食費や病気の治療代を稼ぐために売春をしていたらしく、体が弱り切った彼女たちは、エイズを発症してそのホスピスに辿り着くと、一週間を生きない人が多かったのである。それをいいと言うのでは決してないが、私は生きる目標も持たず、あるいは持つとしても、他者の希望する形の目標に自分も従い、高齢になってから「いったい私は何をしたかったのだろう」と思うよりは、正直で善い人たちであるような気がするのである。

豊かな生活とはまったく無関係な生き方だが、私は何度も一生完全な沈黙の中に生きる修道士の生活に触れたことがある。最も私の心を打ったのは、ミラノの郊外にある、今は使われていないチェルトーザという修道院であった。その人たちは一種の塀で繋がったような長屋風の区画に一人で住み、昼間も一人で作業をする。俗世にあった時に靴屋だった人は靴を作り、仕立屋だった男は修道服を縫う。その傍ら、自分に与えられたほんの三十平米くらいの畑に野菜を作って、自分が食べる物をそこで賄う。部屋は作業場が一つと寝室が一つ、それだけで、塀の隣に同じような修道士がいるのだが、まったく口をきかない。週に一度、大食堂（レフェクトリー）に集まって会食をするのだが、その時も沈黙のうちに食べるだけである。そうした生活を自ら選んだ人がいて、そのような暮らしに私は自分が参加できると誤解したことは一度もないのだが、それでも深く惹かれたのである。それは、一生を通して死ぬまでに果たしたい目標を持った人間に対する、私の強い羨望の感情からであった。

［第八話］

人は運命に流される。
が、不運に思えるような
その運命の中にさえ
大きな意味を見出すことがある

「神の奴隷」になるということ

今年で六年目になるのだが、毎年一回、東京の昭和大学病院の形成外科のドクターたちがマダガスカルの田舎町、アンツィラベというところに行って、幼児の口唇口蓋裂（こうしんこうがいれつ）の手術をしてくださっている。マダガスカルという国には、首都以外の土地に世界的なレベルの病院もなく、腕のいい外科医もいない。もちろん国も貧乏で、日本人が考えるような国民健康保険などという制度もないから、生まれた時に口蓋や唇に大きな裂け目を持って生まれてきた子供たちは、親が貧しいとそのまま放置される。本当に重症な子供たちは、ミルクが飲めないので長く生きないという運命を持っているが、少しでも親やお祖母さんが頑張ってスプーンでお乳を飲ませてもらえた子供たちは、何歳になっても裂けた唇を持ったまま育つのである。

余計な話かもしれないが、日本では口唇口蓋裂児用の哺乳瓶があると私は教えられたが、途上国と言われるアフリカの国々では、そもそも粉ミルクさえ充分に行き渡っていないのである。

一軒の家に口唇口蓋裂の子供が生まれたらどうなるか。多くの親は、その子を隠して家の中で育てるようである。私から見たら、「口蓋の奇形以外は健康な子供なのだから、事情を知っている人たちの間でのびのびと暮らさせてやればいいのに」と思うが、学齢になってもこうした子供たちは家から外に出ないのが普通だという。だから彼らは友達もなく、遊びも知らず、初等教育も受けないまま大きくなって、一生、人間らしい暮らしができないことになる。

昭和大学はこの点に深い理解を持ち、二〇一一年から口唇口蓋裂の手術に関する専門のドクターを送ってくれるようになった。もちろん、外科医だけで手術ができるわけではない。麻酔科の医師たちと、手術室独特の技術を持った看護師の一団がそれに随行しなければならない。

私は最初の年からこのグループを送ることに関して、「ロジ」の仕事をするようになった。ロジというのは「ロジスティックス」の略で、軍隊の「後方支援」

の仕事を指す。とにかく、医療設備も薬も器具もほとんどない国だから、外科手術を可能にするだけの一式の道具を医師団と同じ飛行機に乗せて運ばなければならない。途中で荷物が一個なくなっても、それがもしメスと針の入ったケースであれば、手術はできないことになる。ところが、アフリカ路線で預けた荷物というのは、つい先年までは二十個に三、四個の割合で目的地に出てこないのが普通であった。だから、ロジをやる人間は、日本では考えられない不測の事態に備えて、さまざまな工夫や準備をしなければならなかったのである。

「後方支援」の仕事は、そのほかにもいろいろあった。手術が行われる病院は修道院が経営している産科の診療所に付随して建てられているものだが、日本からの医療派遣団の十五人近くが到着すると、それを受け容れるだけの充分な設備を持っているわけではない。マダガスカルという国に今までも何度も行っていた私はその辺の事情も知っていたので、着いた翌日から手術を遅滞なく行うためには、さまざまな雑用をこなす必要があると感じていた。そこで私は図々しくも、旅費、滞在費を自分持ちで来てくださる「支援部隊」を構成することにしたのである。私はこの人たちを「奴隷部隊」と名付けた。もちろん私も、働きは悪いがその一人であった。

ドクターたちはこの名前を聞いて、驚き、震え上がった。最近私はテレビでアメリカの黒人制度を描いた『ルーツ』というドラマを見たのだが、それによって教えられただけでも、確かに奴隷という身分上の制度、実情は恐ろしいものである。厚意で働いてくださろうという方を奴隷と呼ぶなどというのは、罰が当たりそうな話であった。

しかしその時、私はあらためてこの「奴隷」という言葉の説明をしたのである。確かに普通の社会の常識では奴隷などという呼び方は許されないものであろう。しかもこの場合、総額で七、八十万円になる旅費と滞在費は、来てくださる当人持ちなのである。最初の年の奴隷のうちの一人は、私の知人であった。見込まれた人も気の毒だが、この人は体育会系の技術を持っていて、どんな悪環境にも耐えられるということが見込まれたのである。

初めての乗り込みの年、着いてみると、やはり問題は山積していた。ドクターやナースの個室は一応あったのだが、洗面所の棚にメガネを置くと、棚そのものが傾いているのでメガネが落ちてしまう。排水が流れないので、シャワーの水が下の枡(ます)から溢流(いつりゅう)する。カーテンは壊れたままぶらさがっている……という状態であった。連れて行かれた二人の奴隷はそれなりの覚悟をしていただろうが、日本で予測していたように、仕事の範囲を推測することはできなかった。

一人の奴隷が一番先に私に頼まれたことは、ある部屋の便座が壊れていて、「その破れたプラスチックがお尻に刺さるのを防いでください」ということであった。日本ではホームセンターに行けば便座くらいいくらでも売っているのだが、マダガスカルの地方都市ではホームセンターというものもなく、頼めばやってくれるという工務店のようなものもない。材料がなく技術もないというのが途上国の姿なのである。私はあらかじめそのことを予測していたので、電気の絶縁にも使える厚いテープを何ロールも用意していた。仕方がないから、便座にそれを巻きつけて、急場を凌(しの)ぐのである。

私に同行してくれた奴隷部隊はそれらの一切の仕事を引き受ける役目であっ

た。実は私は彼らが日本にいる時にどのような仕事をしているか知らない場合もあった。数年にわたる奴隷部隊のメンバーの中には、私に手紙をくださった見知らぬ人で、後で聞いてみると、その地方の会社の社長であったり、東京の中心部の大地主だったりする人もいた。知らないということは気楽なもので、私は彼らに便座にテープを巻き付けてもらったり、棚の修理を頼んだりしたのだが、彼らはもともと工務店勤務でもなく大工さんでもなかったのである。これらが、私が編成した奴隷部隊の実態だった。

ドクターたちがこのような呼び方を非常に申し訳ながったのは当然である。「僕たちを支えてくださる方に『奴隷』は失礼ではないですか」という当然の反応であった。しかし、私はこの名前については、ある程度の深い思い入れがあった。

新約聖書はいわゆる四大福音書と言われるイエスとその弟子たちの事績を記した部分と、信徒の言行録と言われる布教に関する記録の部分と、聖パウロの十三の書簡、ヨハネの黙示録と言われるものからなっている。このうち、十三本の手紙を残したパウロという人は、有名なイエスの十二使徒の中には数えられていないのだが、初代キリスト教会を作った功労者であり、かつ、私にとって大きな影響を与えた名文家であった。この人の手紙の第一のものとして挙げられている「ローマの信徒への手紙」の書き出しのところは、次のように始まるのである。

「キリスト・イエスの僕、神の福音のために選び出され、召されて使徒となったパウロから、」（1・1）

この中に「僕（しもべ）」という訳で出てくるものの原文はギリシャ語で「ドゥーロス」と言い、もとは「奴隷」という意味である。奴隷はどこの国でもやはり社会の階層の下にあった人たちであった。しかし、パウロ的神学においては、「キリストの奴隷」というものはこの世で考えられないほど最高の任務であったのである。「神の僕」という発想は、すでに旧約聖書の中にも出てくるものであって、例えば詩編の27・9には、

「御顔を隠すことなく、怒ることなく、あなたの僕を退けないでください」とあり、これはヤハヴェのドゥーロス、つまり神の奴隷という発想であった。ドクターたちも次第にこの意味を受け取ってくださるようになり、マダガスカルで暮らす間中、私は「奴隷グループ」という言葉を平気で使っていた。人間の一生を決めるうえで、ということはつまり死に至るまでの自分の生き方を決めるうえで、自分が「神の奴隷」であることを承認するかどうかということは大きな問題なのである。

私たちは若い時から自分がどのように生きたらいいかを明確に知っている場合はごく少ない。しかしそのうちに、自分が現世においてどのような生き方をするべきであったか、ということをわからされる場合には非常に出合う。

好むと好まざるとにかかわらず、でもある。私の場合、好んだ道を歩いたと思うが、それに付随して起きてきたことはすべて予想もしないことであった。もちろん私は嫌なことは避けようとした。そして日々の生活の小さなことにおいて、自分の好きなことを選ぼうとしたのは言うまでもない。しかしそれにもかかわらず、私はある道を取らされてきた。防げたものは防いだのだが、それが不可能だったこともたくさんある。

よくこの世では、

「どうして自分だけがこのような不運な運命を受けなければならないのか」

と嘆いている人がいる。例えば、一家の中に体の不自由な人がいると、その人の面倒をみる主役となって働くべき人物は自ずから決まるのである。その人に言わせると、「ほかの家族は障害者の世話をするという責任から解き放たれ、勝手なことをして生きられるのに、なんで自分は一生この役目に縛り付けられるのか」と嘆く時もある。それは当然な思いであろう。しかしそのような役目を背負った多くの人たちが、やがて自分を縛るかに見えるその運命に大きな意味を見出すようになっている。それが、その人が神の奴隷になった瞬間なのである。

為しても成らないのが人生だ

私は時々、スポーツ選手に違和感を抱くことがあるのだが、あのように健康で、辛い練習にも耐えてきたような人々のどこに反感を感じるのかというと、それは「為せば成る」という言い方をするからである。

為せば成ることばかりではないのが人生だ。

この言葉は一九六四年の東京オリンピックで優勝した日本の女子バレーボールチームを育て上げた大松博文監督の言った言葉であり、確かにそのチームの心意気は、「為せば成る」という言葉が一番ピッタリするほどの厳しい連帯感だったと思う。しかし一九六四年といえば、終戦の年から、丸々二十年は経っていなかった年であった。為せば成るなら、日本はあの大東亜戦争にも勝っていたはずだと私は思った。大東亜戦争の終わった年、私はまだ中学二年生であったが、すでに工場労働者として動員されていた。当時の日本には、未成年労働はいけない、などという発想はまったくなかったのである。十三歳の女工であった私は朝七時から軽作業台につき、夕方六時まで働いた。食料も充分ではなかったので、私は痩せ細るということはなかったが、皮膚病がなかなか治らなかった。しかし私はその割には、当時女工と言われた工場労働者の生活を楽しんだ。学問が嫌いだったせいか、かつて体験しなかった生活はすべて私にとって魅力的だったのである。

私が小説家になったことについては、私は自分が目的のために行動したという自覚はある。大学生時代から私は実にたくさん書いた。当時私は同人雑誌にお金を出して自分の小説を載せてもらうということしかできなかったのだが、その費用を稼ぐために、当時知人が勤めていた某テレビ局の「視聴者文芸の時間」というのにしきりに短編を投稿したのである。応募する短編小説は十枚で、もし採用されれば、二〇四〇円の原稿料をもらえた。私はそのお金を貯めて自分の小説を印刷してもらう費用を出していたのである。だからその時ほど私は原稿を書いたことはなかったような気がする。

大学から帰ってくると、私は母の手伝いをして夕飯の支度をし後片づけをし、大学からたくさん課せられているブックレポートや小論文を英語で書き、その後で毎晩のように十枚の短編を一本ずつ書いていたのである。

しかし、そのような努力をしても、ある転機がなければ、私は小説家にならなかった。

その日のことを私はもうすでに書いているのだが、私は小説家になることを諦める決心をした。私の周辺にはいわゆる文学青年という人がたくさんいて、口角泡を飛ばして太宰治や野間宏、椎名麟三、三島由紀夫などの文学を論じていたが、そのように文学論ばかりしていて実作をしない人々を私はなんとなく嫌っていた。小説というものは一種の職人芸で、とにかく書きに書き、実作を残す以外に方法はないと思っていたのである。いつまでたっても原稿の売れない文学青年から文学中年になるのだけはまっぴらだと思って、ある日、小説を止める決心をした。これはなかなかサバサバした思いであった。決心は行動で示さなければならないと私は思い、大学の帰りにいつものように闇市風の市場に寄って魚を買った。私は体の弱い母のためにまだ十代から主婦のような仕事をするのに慣れていたのである。

闇市を出たところに本屋があった。私は本屋に寄ることを一つの楽しみとしていたのだが、小説を書くのを止めると決心した以上、本屋にも入らないことにした。しかし、長年の癖で私はついフラフラと入口近くに平積みにして置いてある雑誌のところに立ち寄った。そこに『文學界』という私が見たこともない雑誌が置いてあった。

「小説を書くのは止めても、読むことは別に構わないだろう」

と私の中で滑稽にささやくものがあった。それでその雑誌を手に取って、パラパラとページをめくってみた。するとその中に「同人雑誌評」というたった二ページの小さな欄があり、そこに臼井吉見という評論家が、私が同人誌に載せた短編の批評をしてくれていた。

後で思うと、それは決して褒められたばかりではなかったのだが、私は自分の名前が印刷されたのをこの世で見たのはこれが最初だった。私は夢のように思い、ほんの数時間前に大学の教室で立てた誓い――もう小説は書かない――を取り消した。

この手のいささか安っぽい運命の転機というものは、誰にでもあるものである。

一番悲痛なものは、原爆投下の八月六日に寝坊した子供を急かして、いつものバスに乗せた母親の記録である。その人には「あの日に限って遅れていた中学二年生の息子を、そのまま遅刻させればよかった。あのバスにさえ乗せなければ、原爆投下の時間に爆心地の近くにいなかった」という悔いが残った。

しかしこのようなことはすべて人の判断の範囲で解釈すべきことではないのである。すべての人間には意図というものがあるが、しかしそれがそのまま通ることはほとんどない。そこにいささかな外的な力が加わって、そしてその人の最終的な運命が決まるのである。

私たちは自分が自らの乗った舟の舵取りをすることを忘れず、しかし長い目で見れば、運命に流される部分も多いことを知るであろう。キリスト教徒たちはそれを「神の奴隷になる」という言い方をしたのである。

［第九話］

他人に期待されることなく遊んでいるようにしか見えない死を目前にした老年期こそ学ぶのに最適な年月である

それでも「希望を失わない」のが人間だ

おもしろいことに、人は自分に関係のあるすべてのことを知っていると思いがちだが、自分の生を終える日というものをまったく知らない。

いわゆる死病と言われるような重い病にかかっても、万に一つの偶然によって生き延びるかもしれない、と考えている。私の世代は、第二次世界大戦の終わり頃に、「カミカゼ」と呼ばれた特攻機をたくさん送り出した悲しい時代を知っている。

今から考えると信じられないような粗末な攻撃用の飛行機に、敵の艦船を沈められるだけの爆弾を積み、命令が出ると最期の水盃（みずさかずき）を交わして飛び立って行った。二十代の、まだ若く、有為な青年たちがそうして死んでいったのである。

彼らが体当りするために乗っていた飛行機には、必要量の半分のガソリンしか入れられていなかった。敵の艦隊まで辿り着いてそこで突っ込むという計画だから、帰りの分の燃料は入っていない。当時の日本は、それほど末期的な状態だったのである。

終戦の時、私は十三歳で、しかも当時の日本では、軍による厳重な報道の管制が行われていたのだから、当時の実情はすべて戦後に知ったことなのだ。特攻の兵士たちは遺書を書き、覚悟の上で飛び立って行ったようにみえたが、それでも心の奥底でまだほんの少しだけ自分の死を信じていなかった、という。

どうしてだろう。たとえ「運よく」敵の艦船を見つけられず体当り攻撃をしなくて済んだとしても、帰りの燃料がなければ生還はできない。

「しかしそれでも希望は失わないのが人間なんです。飛べなくなった飛行機が海上に着水しても、近くにもし敵の艦船がいれば、かえって拾ってもらえる、と考えたんです」

当時の日本人は「生きて虜囚（りょしゅう）の辱（はずかしめ）を受けず」の心意気であった。これは一九四一年に設定された『戦陣訓』の中に書いてある、というが、元は十一世紀の『新唐書』だという。

たとえ偶然しか期待できなくても、人間には目標があるのが自然なのだ。「今日一日」、あるいは「死ぬまでに」何もすることがなくなったら、人はたとえようもない虚しさを感じることになる。

学ぶことはそれ自体が楽しいことだ

人間は死に近づくにつれて、普通なら数年、数十年の老いの年月を体験する。もちろん、こうしたノーマルな年月を体験できない生涯もある。幼いうち、あるいは若い年で死ぬ子供たちや若者たちだ。一部の人は、彼らが老年を知らずに死ねるのは幸せだというが、私はそうは思わない。老残(ろうざん)を体験するのもまた、人間に贈られた一つの貴重な体験だ。老残という言葉には、老いと、聴覚や視覚を失うことの双方が含まれているようだ。

そのほかにもしかし、老年の悲しみには、少なくとも二つのものがある。定年退職や体力の衰えから引退すると、社会生活から引き離され、家の中に閉じこもるようになる。

職場にいれば、上役や同僚に気の合わない人がいようと、とにかく日々は濃厚に外部と繋がっていた。出張、会議、飲み会、結婚式、葬式、密(ひそ)かな賭事、金の貸し借り、食事会。その都度、否応なく社会の風が吹き込んだ。

しかし退職すると、誰の顔も見ない。誰も電話一つかけて来ず、今までは会費の負担が文句の種になっていた会合の招待状も来ない。年賀状の枚数がめっきり減ったことが、心にこたえている人もいる。

今こそしたいことが何でもできる時になったのに、何もしないで時間をつぶしているのである。したいことは、お金がかかることばかりではない。

私の場合は、本当の老年より少し早く、三人の親たち（実母と夫の父母）を見送った後に、閑人(ひまじん)をやることを許されたわけだが、漢方薬の知識と、ガーデニングの基礎と、ユダヤ教を独学で学んだ。漢方薬とガーデニングは、古本屋で買った本だけでもかなり学べる。ユダヤ教を勉強するのが一番お金がかかったが、それは中心になる教義とその実践上の事例を書いた『ミシュナー』という分厚い本の翻訳が当時はまだなくて、その訳を人に頼んだからである。今でもまだ完訳は出版されていないようだから、確かにお金のかかる道楽でもあった。しかしお金をかけないということを一つの条件にすれば、それがまた一つのチャレンジ精神をかき立てることになる。

表面上、ぶらぶら遊んでいるようにみえる老年期こそ、実は学ぶのに最適な年月なのだ、とストア派の哲学者であるエピクテトスも言っている。彼によると、人間はいわゆる閑のある、労働をしていない状態の時に初めて学問をすることもできる、という。別にこれは彼一人の考えではなくて、学校（スクール）という言葉のもととなったスコラゾーというギリシャ語は「閑がある」「仕事をしていない」ということなのだ。

それなのに、私たちの多くは、「閑人」をやることのできる老年期に、何も積極的な勉強をしない。ある人は芸能界のお噂話を満載した雑誌を眺めて暮らし、ある老男性は野球やサッカーのテレビ放送ばかり観戦して、「元気をもらった」と感じたりしている。元気も夢も希望も、人間は決して他者からもらうことはできない。健康な心を持てるような食事を作ってもらうことはできる。しかし、明日以後の目標となるものは、すべて自分が生み出さねばならない。もう老年になって、今更何を学ぶのですか、という人もいる。しかし本来、学びはそのこと自体が文句なく楽しいものなのだ。お酒を飲む人は、「酔いがまわると、こういう心理になるから飲む」などと分析したり理屈をつけたりしているわけではあるまい。甘いものの好きな人に、「大福はどこがおいしいんですか」と尋ねても、客観的な理由など言えるわけではない。

強いて言えば、勉強の楽しさというものは、魂の空間に、今後の思考の足しになるようなものを満たしていくことなのかと思う。品のない言い方をすれば、空のお財布に寛大な伯父さんがお金を入れておいてくれた時のような感じだ。これで好きなものが買える、という豊かな気分だ。

それで八十代の半ばになった私は、今まさに「閑人」時代の真っ盛りにいるわけだが、少し勉強もするし、期待する割には怠けてもいる。

今私は、九十歳でやや老衰している夫の看護人をしているわけだが、毎晩夕食が済むと、夫のベッドから約三メートルほど離れたところにおいてある私専用のソファで本を読んだりテレビを見たりして、寝るまでの時間を過ごしている。たった三メートルなのに、夫は耳が遠いので話はできない。しかし、どこかその辺に女房がいるというだけで、一種の穏やかな日常性を感じているらしいから、目下（もっか）の我が家庭生活はそんな形で満たされているのである。

私は数年前まで、自分はずいぶん声の大きい人間であると思っていた。どうも秘密に向かない。四十七士は私を仲間に入れないほうがいい、という感じであった。しかしそれでも夫の耳には、私の声が届かなかった。相手の耳元三十センチの所で、私は怒鳴らなければならない。私は粗忽（そこつ）で粗雑な性格だが、あまり人を怒鳴ったことはない。怒鳴ると会話ではなくなるし、私は息が切れて仕方がない。私は黙り、夫は早々とそれに馴れた。もともと辛抱強い人なのである。

ソファに身を埋めている数時間が、私の勉強の時間にもなり、回想の時間にもなった。読みたい本はいくらでも読める。体が疲労していて、あまり読書向きとは思えない日もあるが、椅子一脚に私は自分の世界を作り、満たされていた。

お金を使うことがあまりなくなったので、本だけは欲しいだけ買うことにした。私は目下、体の運動機能はあまり完全とは言えないが、思いがけなく読書はできるだけの視力は与えられている。聴力も充分に残っているから、テレビで、孤島や極寒の地で生きる人々の生活方法を描いてくれている番組を見ることはできる。北の海には「バーン・ドア」という名前のオヒョウのような大きな魚がいて、それを凍らせて保存したものが、その土地の人々の冬ごもり中の蛋白源になるらしい。「バーン・ドア」というのはもちろんアダナで、納屋（バーン）の戸（ドア）みたいにデカイ奴という意味だそうである。

今さら英語の単語の一つや二つ覚えたってどうということはないが、私は英字新聞を毎日一紙だけは読むことにしているから、そのうちには役に立つかもしれない。人は皆、夢を見て生きるのである。

考えてみれば、老年という時期は、他人に期待されていないだけ、自由に生きられるという特技を持っている。

「八十代なのに働きすぎなのよ」

と私はある日言われたことがある。働くばかりではない。私はできるだけ遊ぼうとしてもいるのに、人は他人のことはわからないものだ。

「ちょっと教えてよ。八十代のおばあさんって、普通世間では何してるの？」

私は同級生の暮らししか知らない。彼女たちは、体の不具合を抱えながら、けっこう行動的に暮らしている。

「そうねえ」

私の質問に、相手はちょっととまどったようであった。日本人の……平均的な……都会の……いや農村の人を含めて、普通のおばあさんは一体何をしているのか。

「だいたい一日中、こたつに入って、お茶飲んだりお菓子食べたりしながら、テレビ見てるんじゃない？」

もし、そうとすれば、彼らは間違いなく閑人という特権階級の一員になっているのである。それなのに、己の境遇に感謝するどころか、不平不満を託って（かこ）いる人さえいる。

エピクテトスはまた、自分が自分の生活上の主（あるじ）になる、という当然すぎる関係の構築が、意外と難しいことにも触れている。

「外物は私の権内にないが、意志は私の権内にある。私は善いものや悪いものをどこにさがそうか。それは内部の私ののもののなかにだ」

「だが、他人のものにおいては、けっして善であるとも、悪であるとも、有用であるとも、有害であるとも、この種のなにかほかのものであるとも、言ってはならない」

現代は他罰的な時代である。自分の行為の悪い結果は、すべて政府か誰か他人のせいになる。

先日のアメリカ大統領選では、有名人がわざわざ口を揃えてヒラリー・クリントンを推す、と言い、それを目のないマスコミがオウムのように報道として流し続けた。おそらくそれに嫌悪感を持った「黙している大多数（サイレント・マジョリティ）」が、トランプを支持したのだ。

死を目前にした老年は、白髪の美しい、静かに日々学び続けている凛とした閑人になるべきなのだ。

あれもこれもできなくなった
と不満を抱くことなく
まだ、あんなこともこんなことも
できる、してもらえると
感謝すればいい

歳をとればよくないことが増える

よく、「歳をとるほど楽しい」とか、「若い時と同じくらい生き生きしている」とお書きになっている高齢者がいるが、私はまったくそんなことはない。歳をとれば、それなりによくないことが増える。

それでも八十代半ばの「生存者」としては、自分ではまだ始末がいいほうだと思ってはいる。自分のことはほとんど自分でできるだけでなく、家の「経営」全般の責任を負っている。

日々ものを片づけ、冷蔵庫の中身の管理をし、五十年以上も経つ古家の、目に余る故障箇所があれば、修理をしてくれる人を呼んで、見苦しくない程度の補修を頼む。昔の家だから少し庭があり、父母の代からの庭木が植わっているので、たまには植木の床屋も頼まなければならない。

それなのに私は毎日体がだるい。重いものを持てなくなっているし、長い距離も歩けなくなっている。

それらの結果には皆、理由がある。

七十四歳の時、かなりひどい足首の骨折をした。非常に上手く治ったのだが、それでも怪我をしたほうの足首は、時ならぬ時に腫(は)れたりする。口の悪い私の女性の友人は、

「そりゃそうよ。一度大事故に巻き込まれて、ぐちゃぐちゃに壊れた自転車は、完全に直しても新品の値段じゃ売れないのと同じことじゃないの」

とワルクチを言う。

八十歳の頃、不思議な不調が続いて検査を受けたら、膠原病(こうげんびょう)の一種であるシェーグレン症候群という、「治りもせず死にもしない」病気が見つかった。しかしそれも幸運なことに軽いほうだという。時々微熱が出て、体が痛いのは、そのせいだ、となっているのは気が楽だ。目と口が乾く病気なのだが、その症状はあまりひどくない。ただ地獄に引き込まれそうにだるい。働きたくない、という訴えは、症状ではなく、持って生まれた性格のような気もするから、あ

まり気にしないことにしている。

だから若い時と、歳をとってから後と、まったく同じという人の話を聞くと、異人種に見える。

殊に、若い時と同じ体重を維持しているし、服も同じサイズのものが着られます、などという人の話を聞くとうらやましい。体重だけで言うと、私は娘時代は百六十五センチの背で四十九キロだった。その後、長年五十五キロを維持して、一番太った時で六十五キロ、今は五十九キロと六十キロの間をうろうろしている。あまり痩せると、ますます体力がなくなるので、「腹八分目」どころか「腹十一分目」くらい食べている。

一番印象的な記憶は、一九六二年の夏、マリリン・モンローが死亡した時のことだ。自殺か自然死かわからなかったが、私が彼女の生き方をいつも気にしていたのは、彼女もまた、当時の私と同様、睡眠薬の常用者だということが、巷間(こうかん)言われていたからだった。

彼女の死によって、初めて、実際の彼女の背丈と体重が公表された。私は彼女より五歳くらい年下だったが、その死体検案書の記録を見て、驚喜した。「見て見て！」と私はその頃会ったすべての男たちに言った。「私ね、背丈も体重も、マリリンとまったく同じなのよ」

九十パーセントまでの男たちが、それを聞くとうんざりしたような顔をした。夢が打ち砕かれたという顔つきだった。中の一人は親切だったので、その理由を教えてくれた。

「同じ体重だと言っても、肉の付く場所が違うんだなあ」

しかしその死が私と大きな関係があったのは、私はそれをきっかけに不眠症から抜け出せたことだった。荒っぽい言い方をすれば、不眠症に苦しんだ挙句の自殺かもしれないような劇的な最期を遂げるのは、天下のモンローだからふさわしいことであって、私のような一作家がその轍を踏むのはおかしい、と思えたのである。

それがきっかけになって、すぐとは言えなかったが、私は憑きものが落ちたような気分になり、数か月かかって睡眠薬を減らし、普通の人の暮らしに近くなったのは、事実なのである。

私の不眠症は作品を書くことの心理的重圧から来たもので、昔一人の精神科の医師から、「小説なんて、書ける時に書いて、書くことがない時は書かなきゃいいんじゃないですか？」ときわめて当然のことを言われたことを、あらためて思い出したのである。

加齢が人間に与える二つの知恵

老年というものは、壊れかけた家具か、古びた電気器具のようなものだ。引き出しがたぴししていたり、電気の部品の接続が悪かったりしているが、まだ使える。

家具や電気器具と違う点は、加齢は人間に知恵を与えるということだ。その味を楽しまないことには、人生の最期が完成しないことになる、と最近は感じることもある。

その一つは、現世の制約を受けつつ生きる技術を学ぶことである。

人は歳をとることで、階段を歩けなくなったり、耳が遠くなったり、視力が悪くなったり、固いものが食べられなくなったりする。

日本の都会の暮らしでは、遠回りすれば、駅そのものか、隣接した建物に、大抵エスカレーターかエレベーターがある。それを利用すればいい。別にそれに年寄りが乗ったからといって、隣のビルの持ち主は、文句を言うこともないし、それを嫌がりもしない。ただで乗せてもらって悪いなあ、と私は足を折った時に思い、そうした便利な昇降機の存在を親切に教えてくれた地下鉄の駅員にも最敬礼したい思いだった。

私は五十歳まで視力がほとんどなかった。外科手術によって視力を得るまで、私は家の近くのバス停に二系統やって来る、異なった行き先を示すバスの大きな番号札さえ読むことができなかった。すると私は毎回、昨日、地方から娘の嫁ぎ先にやって来たばかりの物馴れないおばさんのふりをした。

「あのう……瀬田へ行くには、これに乗っていいんでしょうか」

私は物真似がうまいから、この、書けば標準語に、いささかの方言風イントネーションを加えることもあった。

「あのね、この後から、×番のバスが来るからね、それに乗ればいいんですよ」

「ありがとうございます」

つまりこのバスは、瀬田には行かないということだ。それがわかるだけで、私には充分なのだ。本当は次のバスの番号だって見えないのだけれど、私は日本語ができるし、ここは日本なんだから、また同じ質問をすればいい。これがトルコだったり、シリアだったりしたら、時間通りに来るはずのバスだってなかなか来ないだろうし、私は言葉ができないから、こういう質問だってできないのだ。日本はありがたいなあ、日本語が通じるから、と私は幸福でいっぱいになった。この手の策略で、大抵の不便は解決する。

第二に、不満を抱かないことである。

あれもこれもできなくなったと思わずに、まだ、あんなこともこんなこともできる、してもらえると、感謝すればいいのである。

最近、九十一歳の夫は、老衰のきざしがはっきりしてきた。立てない、歩けない、食べられない、である。しかし現代の日本は、自宅で療養しながら、ありがたいことにさまざまなケヤーが受けられる。

夫はまだ全部自前の歯で、それは多分素晴らしいことなのだが、前歯がぐらぐらしてきた。私が夫をすぐさま歯医者に連れて行かずに、ぐずぐずと引き延ばしていたのは、かかりつけの歯医者さんの診療所が二階で、夫はとてもう二階までの階段を上がれなかったからである。一階が診療室という歯科医を探さなければならないかなあ、と思いながら、私はさぼっていたのである。

するとケヤー・マネージャーさんが、往診してくださる歯科医がある、と手配してくださった。

歯科医の診察室の装備というものは、内科医院の比ではない。あの装置なしでどうなるか、と思っていると、電気屋さんの修理用具入れほどの箱を持参して、数分で組み立てる。ここ十五年ほどで、こうした往診用の歯科の治療器ができたのだという。

もう九十歳を過ぎているのだから、抜本的な治療は要らない。いくつまで生きるかは知らないけれど、老人は誰でも、とにかくあと数年、楽に生活できればそれでいいのだ。

「仮留め」と言っていいのかどうかわからないけれど、歯科の先生のおかげで、夫は家にいながらにして前歯を気にせずに食事がとれるようになった。

私は何度も何度もお礼を言った。最近の日本では、家でこれくらいの治療を受けるのは当然のことだと考えている老人が普通かもしれないが、私の感謝の実感には、ある現実の背景があった。

日本に生まれた幸福を認識するのも老人の義務

私は五十歳を過ぎた頃から、自然にアフリカと関係ができた。五十三歳でサハラを縦断して以来、その運命的な傾向は、ますますはっきりしてきた。

そのサハラの旅が、家一軒、人一人住まない一三八〇キロの真の無人地帯を抜けた時、私たちはマリという国を走っていた。私ももちろん日本にいた頃は、その国名を聞いたこともなかった。ましてや日暮れてから小休止した村落のはずれでは、私たちは村の名前さえ知らなかった。知ろうともしなかったというほうが正しい。多分地図にも載っていないような村だからだ。

どこでもそうなのだが、私たち外国人が、埃(ほこり)だらけではあっても、素晴らしい四駆に乗って来ると、電気もない村に住む子供たちは、駆けてきて車を見たがる。彼らは時には裸足(はだし)で、破れていつ洗ったともわからないようなTシャツを着ている。

その四駆見物の中に一人、態度の違う子がいた。背が高くて、この村に学校があるのかないのかは知らないけれど、あれば小学校六年生くらいに見える子だった。その子は私たちを見ると、自分の指を見せ、何か部族の言葉でしきりに訴えた。

指の一部が腫れている。私の知識で言うと、「瘭疽(ひょうそ)」と呼ばれている化膿症で、かなり痛いはずである。私たちは簡単な擦り傷用の塗り薬しか持っていなかった。この症状は、多分抗生物質を飲ませれば確実に効くのである。しかし私は小さな傷用の薬のチューブから、指にクリーム状の薬を、それもたった一回塗ってやってその場を去ることになった。

車を発進させてからも私の気持ちは重かった。あらためて、この広大なアフリカ大陸には、痛みを止めてもらうという人間にとって基本的な救いさえ受けられない何億の人たちが暗闇の中で生きていることを感じた。私たちと彼らとの、その運命の差は理不尽であった。

アフリカには、しかし幸福な母と子がまたたくさんいる。アフリカの暮らしでは、子供が十人目の子供であろうと十二人目の子供であろうと、幸福の訪れのようにその誕生を待ちわびている父母が必ずいる。もう×人目の子供だから、本当は要らなかったのだ、と考える父母はいない。

しかし私の記憶の中で、その母たちは大抵、前歯まで抜けていた。通常、娘たちは十六、七歳で結婚し、子供を生み続けるから、三十歳までに五、六人の母になっている。そうした母たちは、ほとんど前歯までなくなっているのだ。妊娠中は、胎児のためにカルシュームをたくさん採らねばならない、という知識もない人はたくさんいるし、あっても、錠剤や食物でその目的を叶えられるような暮らしはできないのである。

歯科医どころか、歩いていける範囲に医療設備がまったくない人たちは、虫歯が痛むようになると、歯を抜くほかはない。歯を抜く人は、大抵村長さんだ。彼は普通の人は持っていない錆(さ)びだらけのヤットコを持っていて、それで虫歯を引っこ抜く。治療はそれだけだ。しかしそれで膿むのを治せれば、少なくとも歯で命を落とさずに済む。

同じ人間に生まれてきて、私たちは、九十歳の老人が、まだ歯科の治療を自宅で受けられる。しかしアフリカの人たちはまだ、錆びたヤットコで歯を抜くだけだ。私が骨身に染みて、自分の幸運を感謝する気になっても当然だろう。

救急車が来てくれることを信じていられる国民が世界にどれだけいるか。救急車を呼ぶには、まず一般の社会に電話が普及していなければならない。そして地図と住所表記が完成していなければならない。ましてや救急車が無料だなどという国は、日本以外にいくつあるのか。

そうしたことを正しく認識して老後を送るのも、日本の老人の一つの義務ではないか、と思うことがある。

［第二部］

夫を見送って対面した「死」について

2017年2月3日——

[第十一話]

利己的で不機嫌な老人になるか、明るく楽しい老人になるか。いかに最期の日を送るかは自分で決めることである

夫の看病に完璧を期すのを止めた

これまで、私は死について観念で書いていた。私は自分の母と夫の両親と三人の親たちと暮らし、自宅で彼らの死を見送ったから、観念だけではないのだが、二〇一七年二月三日に夫の三浦朱門を見送ってからは、さらに総括的に、人間の死と対面するようになったのは自然かもしれない。

それ以前の約一年一か月の間、私の主な生活は夫の看病だった。夫は初めの頃は、自宅から一番近い本屋さんまでどうにか自力で歩いて行くのを毎日の楽しみと日課にすることもできたのだが、すでに九十歳を越えていたのだから、やがて外出もままならなくなり、家でも誰かが付きっ切りで看なければならなくなった。その間に八十代も半ばの私も背骨に故障が出た。たかだか一年一か月の間に、介護人のほうも老化して、看護ができにくくなったのが現実であった。

しかし私の最大の幸運は、私の職業が自宅で、細切れの時間にでもできる仕事だったということだろう。私はもう六十三年くらい書いてきているが、まだ書くことはあるので、看護の合間に連載を進めていくことは少しも無理ではなかった。私は書斎でなくてもどこででも書けた。もともと、場所も騒音も、切れ切れの仕事時間もあまり気にしないたちである。自分のパソコンを置いてある机で書くのが普通だが、病人のベッドの傍(かたわ)らに置いてある私専用のソファで、原稿用紙をライティング・ボードに挟(はさ)んで書くことも始終あった。

看護だけで書くことを止めていたら、私は息が詰まってかえって長続きしなかっただろうと思われる。

夫のほうにも無論変化は明らかだった。

二〇一七年に入って、一月十二日に九十一歳の誕生日を迎える頃から、夫はほとんど食べなくなり、どんな献立を出しても、お皿に手をつけずに突っ返すようになった。私は比較的早くから、これは当人の体がもう生きなくてもいい、と言っていることだとわかってはいたが、それでもまだどこかで救いはあるかと考え、次の食事に朱門にどんなものを出せば食べてくれるだろうか、ということばかり考えて、疲れ切ってしまった。

私たちはそれまでにも、人生の最期のことを何度も確認し合っていた。点滴の注射や、胃瘻で生きるような延命はしない。拒食は自分の運命を自分で選択している一つの表れなのである。私は夫の上に起きたすべてのことを、すでに心の上で予測済みのような気がしていた。

家にいるのはいいのだが、私は三浦半島にある海の見える家にも、時々行きたいと思いながらそれもできなくなっていた。留守中に朱門の面倒を見てくれる人がいないのである。夜中に異変が起きてもそれを発見して動いてくれる人がいないのは困る。

海の家で暮らすことは、私の生活の中では、かなりの比重を占めていた。もちろん別荘がなければ生きられないということではない。しかしそこは私たち夫婦が初めて自分のお金で建てた家であり、私は若い時から、ろくろく泳げもしないくせに、開放された海の光景に深く惹かれていたからでもあった。そこで私は普段と同様に原稿を書き、畑の作物の計画をする。私は知識だけは野菜作りもよく知っているのである。二度の足の骨折以来、私の足首は曲がりにくくなっていたので、作ってくれる人は頼んでいたが、帰りには土地の新鮮で安い魚や、庭で採れた自家製の野菜を積んで東京の家に帰ってくる。私は料理が好きだったから、それらを自分の家のおかずとして、一片も無駄にせずに全部おいしく食べるという生活を、かなり贅沢なものだと感じていたのである。食材の良さが、家族と昼間いっしょにご飯を食べる秘書たちの健康を支えているような気がすることもあった。

私が自分の好きな生活を完全に犠牲にして、それが朱門の寿命を長くするなら、それでもいいのである。しかし私はその手の自己犠牲の結果の怖さも知っていた。私は若い時に、メニンジャーだの、フロムだの、ピカートだの、フランクルだの精神分析学者たちの著作を読み漁った。私自身の精神状態が健康ではなかったからでもある。決して正当に内容を理解したとは思えないのだが、その結果として人間は、自分の心一つさえ完全に自己コントロールの元に掌握できるものではないことを知った。私は自分の実生活がある程度以上に厳しくなると、そういう運命を与えた人を、それが誰であれ、単純に恨むようになることを知ったのである。その原因が朱門であるという状況になることは、かえって朱門に気の毒なような気がしたのである。だから看病にも完璧を期すことを止めようと思ったのである。現実の私には完璧を期すことなどできないだろうが、仮にできたとしてもそれは私の心にどこか恨みの感情を残すかもしれない。

自己犠牲の度が過ぎると体が裏切るに違いない

朱門は我慢強いたちだったが、「うち」が好きだった。私は自宅の食堂と居間をつなげたような空間の家具を片づけ、二十五、六畳はありそうな板の間を創出して、そこを病室にした。広いから車椅子や歩行補助器の扱いもらくである。マッサージ機はもともとあり、出窓からは昼日中、満面の南の陽を受ける。ベッドの足元に冷蔵庫を置いたから、朱門が好きな時にビールを自分で出してきて飲むには最高であった。

その室内運動場風の空間のおかげで、朱門は自分で車椅子に乗って気兼ねなくトイレまで行けた。彼は若い時、目や体の不自由な人のお世話をしながら聖書の土地を歩く外国旅行のボランティアをしていて、その時の車椅子を押す係の隊長であった。親切で優しい隊長ではなくて、車椅子の人を乗せたまま時に横転させても、「なあに、人生では二本の足がまともでも、こんなことくらいありますから」と謝りもしない人だったが、その荒っぽさがかえって受けて、「学生時代に戻ったみたいだった」と言ってくれる障害者もあったのである。だから自分が車椅子になっても扱いがうまいという自負さえあったようだ。何ごとでも若い時の訓練に無駄はないものである。

食堂と居間の機能をつぶした時に、私は暮らしをすっかり変える気でいた。私はそれまで時々遊びではなく、必要な会合の時にお客をしていたが、そういう暮らしを一切止めることにしたのである。人間の暮らしは途中の運命の変化によって、いくらでも変えられる、変えねばならないと、常日頃自分に言い聞かせている人だけが、この「変わり身」を可能にするのである。

朱門はベッドの廻りの出窓やテーブルの平面に、常に二、三十冊の本を置き、なおも新刊本を毎日のように買い込んだ。彼が、

「僕はこのうちが好きだ。庭や知寿子（筆者の本名）の小さい野菜畑や、僕の好きな本を眺めて、老後を過ごせるから幸せ」

と何度も言っていたのである。彼は植物にほとんど興味のない人で、私が狭い畑の作物や、鉢植えの花のことを話しても、ほとんど同感を示さない人だったが、庭で収穫するサラダ菜はいつも喜んで食べていたし、庭に何本か好きな木があると言っていた。

一本は春にいち早く葉を紅葉させるモミジで、ほかにもう一本、種はたくさんあるのだが、実に甘い実をつける江戸一という名の甘柿だった。どちらも樹齢百年に近くなろうとしている老木であった。

甘柿は殊に朱門の厳密な「管轄下」にあった。ある年、私はたまたまやって来た植木屋さんに、私の一存でなっていた柿の実を全部落としてもらったこと

がある。少し早いものもあったが、てっぺんに近い実は、もう私がいかに竿を使っても採れないほどの高さだったからである。

するといつも冷静な朱門が、珍しく本気で怒った。

「僕が許可を出すまで採るな」と彼は役人のように言うので、「あなたの許可証は、どういう根拠で出すの？」と私は反論した。すると「ムクやカラスの奴が食べ出したら、甘いということだから、俺が採るんだ」と判定は鳥たちに任せている情けない収穫人である。つまり彼はムクやカラスにイジワルするためにも、彼らが食べ出したら、すぐに実を収穫するという計画なのであった。

ムクやカラスでなくても、平凡な人間もどこかで報復をしようとするものだ。だから自己犠牲の度が過ぎると、体がどこかで裏切るに違いないから、徹底して朱門に尽くすのは止めたほうがいい、というのが私の判断だった。

しかし現実問題として私は、海の家にも行けなくなった。私はそこでも「別荘生活」のような甘い暮らしなどしたことがない。ごく普通に原稿を書き、ひどい日には、食事以外「同居人」がいたとしても、口もきかない暮らしだった。

私はそこで、ただ一日に何度か何分間か海の光景を楽しみ、私の生涯に決して同じ色と形を見せない金色の落日と雲を眺める。夏は朝、窓をいっぱいに開け放って、海風の中で二、三十分怠惰に寝ている贅沢を楽しむ。畑の中の家だったので、冬はぶり大根を煮、大根葉の炒めものをご飯にかけ、早春には蕗の薹を探して味噌味のおかずを作った。採り立てのタマネギの丸煮や、新ジャガイモを炒めて緑色のお団子になるほど刻みパセリを加えたおかずを、訪ねて来た人に食べさせるのも楽しみだった。しかし朱門を一人で置いて東京の家を離れるのは、無謀になっていた。

それでも以前と同じような生活が少しできれば、朱門の病気のせいで私の生活が狂わされたと思うわけがない、と私は自分の心を計算していたのである。

柔らかな威厳を保つ病人、老人になるために

どれほど「おうち」の好きな朱門でも、時々は誰か専門家の手に預けて、二

晩三晩だけでも心配せずに出かけたい、と私は画策するようになったのが、二〇一六年の十二月頃のことである。息子夫婦と知人の看護師の廣子さんが相談に乗ってくれて、私たちはまず朱門をショートステイという「短いお泊り」に出してみることにした。比較的近い場所にある介護付き有料老人ホームが、そういうことも引き受けてくれる。そこでは専門の看護師さんが夜中でもいてくれるし、朱門がトイレに立ち上がれないような事態が出てきても、何とかなるだろう。

私はこの施設の看護師さんたちの、専門家としての訓練にも人間性にも深く惹(ひ)かれた。どの人も「息子の嫁に欲しいような人ばかりよ」と私は笑いながら言っていた。うちの息子は歳をとり過ぎているが、世間にはこういう台詞(せりふ)があるのである。事実、朱門はこうした看護師さんたちから優しく扱われて、かえって元気になり、あやしげな手相を見てあげたり昔の話をしたりしていたことが後でわかった。

「手相はなんて言われました?」と聞いたら、「職業は成功するけど、結婚運はない、と言われちゃいました」と、あまりデリケートな心遣いはなかったようだが、若いガールフレンドができたようでどんなに楽しかっただろう。

私の同級生のご主人に、東大法学部を出て一流企業に勤めたが、やはり晩年長く病まれた方があった。朱門はそれでもコンビニへお弁当を買いに行くようなことも好きな人だったが、そのご主人は、弁当の買い方もわからないような方だった。しかし芯は本当のジェントルマンだったので、最期まで看護師さんたちにもてたようである。この部分が実に大切だ。たとえ体は不自由でも、感謝を知り、言葉遣いとその内容が逸脱せずにいられれば、病人といえども性的な魅力と柔らかな威厳を保てる。

そのような病人・老人になるために、その場になってにわかに訓練を積むということは不可能だ。若い時から、礼儀正しく異性と付き合う訓練をし、どんなに体力がなくなっても、男性なら最期まで女性を庇う立場だ、という覚悟も必要だ。

八十歳を過ぎても、朱門はまだ女性を庇う行動をはっきり採れる人だった。

私たちは、その頃、シンガポールに古いコンドミニアムを持っていて、毎日のように町へ出かけたのだが、銀座四丁目の交差点のような場所の地下通路には数段の階段があった。若いお母さんが一人の子供の手を引き、もう一人を乳母車に乗せているような場合、彼女はこの数段の階段で難渋した。すると朱門は必ず空の乳母車を担ぎ上げる役を買って出ていた。日本の男には珍しく、彼はこういう時、まったく心理の抵抗なく女性を助けるたちだった。

同じ、八十歳、九十歳を生きるにしても、どういう最期の日々を送るかは、その当人が「創出」すべきことである。孤立し、周囲と無縁で口をへの字に曲げ、利己的で不機嫌なお爺さん・お婆さんとして生きるか、最期まで周囲に気を配り、少しだけ服装にも関心を持つ明るく楽しい老人になるかは、厚労省の決めることでも、地方自治体が指導することでもない。それは各人が若い時から、意図的にデザインすることだろう、と私はいつも夫の姿を見ながら思っていた。

［第十二話］

常に別れの日を意識して
人と会っていることが必要だ。
そしてできれば温かい優しい
労わりを示し別れたいものだ

会話ほど安上がりで贅沢な娯楽はない

三浦朱門の健康上の変化は、「ショートステイ」という名前のお泊り体験ができる時に始まった。

一月下旬のことだから、誰もが少しは風邪をひいているような時季なのだが、朱門も人並みに風邪気味で、それが比較的急速に悪化したのは、二十五日のことだった。

朱門はうちにいた時から、ご近所にお住まいの小林徳行先生に往診をしていただいていた。一家の好みを理解してくださるドクターに健康を管理していただけることは、晩年の一つの幸せである。私たち家族は普段の会話の中で、それとなく、私たちが無理な長生きは望んでいないことなども、お伝えしてあったように思う。しかし先生は決して患者を軽々に扱うようなことをなさらず、朱門が老人ホームで泊まるようになった時も、ずっと往診を続けてくださった。

二十五日の夕刻、私は自宅で小林先生から、朱門の血中酸素が五十八にまで下がったので、これから救急車で昭和大学病院に運びます、というお知らせを受けた。朱門が「うちがいい」と言っていたこともご存知だったろうし、延命のための処置も望んでいないことは知っておられたとしても、この五十八という数値は放っておけば生きていない状態だということは後で知った。先生はつまり、最も人間的で適切な判断をしてくださったのである。

私は感謝をお伝えして、ご指示通り、病院で朱門を待った。救急車のほうが私の到着より遅かった。後で得た知識を総合しての話だが、もうその時から、朱門は回復を望めない間質性肺炎にかかっていたのである。何が原因というより、体力がもう衰えていたのであろう。九十一歳になったところだから、当然であった。

しかし病室に入っても、まだ朱門は小さな声で会話ができ、私の言うことに冗談で応じた。自分でもやがて家に帰るつもりだったろう。病室に入れば酸素も充分に与えられて呼吸も楽になり、それからおそらく朱門は最期まで、緩和ケヤーを与えられていたと思う。病院にいた約十日間、彼はそれほど苦しむことなく、延命ではなく、命をつなぐ程度の点滴を与えられていた。死の二日前に見せてもらったレントゲン写真では、肺は砂をかけたように真っ白で、もはや呼吸の機能が残っているとは思えなかった。

私はその間、ただ傍についていることだけを考えた。幸いにも空いていた個室にはソファもある。病人のベッドと三メートルも離れていない。私はそこに寝て、夜中に時々起きて、加湿器のタンクに水を満たすことを仕事にした。しかしそれより何より、私はただ、朱門の傍についていることだけを望んでいた。

何という幸運だろう、と私は考えた。若い時の私は、書く仕事のほかに、外へ出る機会が多かった。講演会、対談、座談会、たまにはテレビやラジオの出演、取材旅行、と簡単に約束をキャンセルできない仕事ばかりだった。

実は若い時から私は、自分の仕事を収束する時機についてよく考えていた。講演は一時間半、立っていられなくなったら止めるべきだ。少々熱があっても、頭は何とか動くようでなければ、対談やインタビューも受けてはいけない。

私は二〇一四年秋から都内での講演を止めた。講演旅行もお引き受けしなかった。迷惑をかける恐れの大きいものから、止めなければならない。

その当時のことを考えると、今回のように一週間以上、どこへも出なくていい、という時間的自由は考えられなかった。神様が、朱門と私のために贈ってくださった予想外の優しさとしか思えない。だから私はとにかく、いられる限り病室にいた。泊まる晩が続くと、息子の妻が代わってくれたが、私は朱門が、私が傍にいれば安心していることを確信していた。

救急で運び込まれた時、当直の女医さんが、

「もうまもなく会話がなされなくなると思いますから、今のうちにお話しになることはなさっておいてください」

と言われたが、私はその時思わず笑い出し、

「うちでは六十三年間も、毎日喋（しゃべ）りましたから、今さら話すことは何もありません」

と答えていた。

私たち二人は、娯楽も連絡もすべてお喋りだった。一人だけ外出した日には、そこであったことがすべて夕食の話題になった。朱門は音楽会にも、ゴルフにも行かない。強いて楽しいことと言えば、友人とでも私とでも、すべて喋ることばかりだった。

今でも私は、この「安上がり」の楽しみは、この上なく贅沢なことだったと思う。普通娯楽といえば、ほとんどすべてがお金のかかることで、しかもその間の会話は減るばかりだ。音楽会然り、観劇然りである。旅行と食事に行くことは、夫婦の会話を増やすきっかけかもしれないが、できることなら茶の間や食堂で交わされる会話の増えることが望ましい。

一月二十五日夜の入院から、二月三日早朝、息を引き取るまで、一晩、私は音楽会に出かけている。息子の妻が「当直」を代わってくれたおかげだが、私は自分を締めつけないようにコントロールしたつもりだった。私はまだ朱門を家に連れて帰り、長丁場で、ということは数か月から年単位で看護するつもりだったからである。こういう場合、看護人として完全を期してはいけない。

一月三〇日、イギリスにいる孫が、新婚の妻を同道して朱門に会いに帰って来てくれた。孫はロンドンの大学で、やっと講座を持つようになったばかりで、長くは空けられないということだったが、現世で祖父に会う時間ももうあまりないと思ったらしく、長い時間をかけて帰って来てくれたのである。朱門は孫が数年前に日本を発つ時、

「祖父ちゃん（自分のこと）が死にそうになっても、もうこれで帰って来なくていいからな」

と明るく言っていたのを、私は未だ覚えている。多分、人間は常に別れの日を覚悟の上で、毎回会っていることが必要なのだ。考えてみると死別ばかりではない。多くの人たちと、私たちはその自覚もなく生別し、そしてそのまま二度と会えない。だから会うたびごとに、私たちはその自覚を持ち、できれば温かい優しい労わりを示して別れたいものだ。

二〇一七年二月二日、死の前日に私が記録しているのは、わずかな数字だけである。

「一五・三〇、四九―二一」

午後三時半頃、血圧がすでに、最高血圧で四十九しかなかったということだ。しかし私は、静かに寝ている人は、それくらいで保つのかな、と考えていた。私はモニターと呼ばれる計器の血圧の数値をいつも眺め、それに騙（だま）されていた。

二月二日の夜も私は、ベッドの傍のソファで眠り、三日早朝、日の出の頃に目を覚ました。前日一度自宅に帰り、お風呂に入ってからまた出直すつもりだったのに、病院から状態があまりよくない、という知らせを受けたので、私はそのまま家を飛び出した。いつお風呂に入ったのか思い出そうとして、よく思い出せなかったが、朱門の様子は安定していたので、私は六時のニュースを音を消して眺めた後で、シャワーを浴びることにした。七時を過ぎると看護師さんの詰め所は活動を始める。それ以前に身仕舞いを終えておこうとしたのである。

私は浴室に入る前に、例のモニターを見た。最高血圧は六十三あった。低いことには変わりないが、四十九ということもない。安定しているんだな、と私は思った。シャワーには五分もかからなかったろう。出て来てみると、モニターの上に赤ランプがついており、朱門は呼吸を止めていた。

モニターの上の赤ランプは、私が気づいていなくても、看護師さんたちの詰め所は反応している、と私は信じていた。私は何もせず、ただ枕元に立って朱門の髪を撫でていた。

ひどい目に遭わされているのは自分だけではない

静かで日常的な朝が始まろうとしていた。私も泣いてはいなかった。考えてみると、朱門が悪くなってから一年余り、私は何度となく、彼の死を予想してきたし、現実の生活では、私は一人で家の中の一切のことをやってきた。お金のことも、対人関係も、家の修理も……。手に余ることはあったが、朱門はすでに人生の第一線を引いていた。だから、今日から、私は急にすべてのことを引き受けて、どうしていいかわからない、ということもなかった。人生のことはわからないままでも生きていけた。

かつて朱門は、友人たちから「エンサイクロペディア・シュモニカ」という渾名（あだな）をつけられていたこともあるくらい物知りだった、と世間の人は言う。しかしそんなことはない。生物、特に植物のことはまったく知らない。野球も知らない。歌手も知らない。クラシック音楽も知らない。歌舞伎も知らない。

一つ屋根の下に、歴史や社会や英語に強い人がいるのは便利だったが、時々彼は、私が英語の単語の意味を訊（き）くと、「オレの灰色の脳細胞を、字引き代わりに使うな」と怒ることもあった。私は常日頃から原則を教えられていたのである。

「依頼心を起こさずに、自分で辞書を引け」

ということだ。私は今、あらためて原則に立ち返ればいいだけの話だった。世界には辞書さえ持っていない貧しい青年たちもいるのに、私は電子辞書まで机の上に置いているのだ。

まもなく、看護師さんが当直のドクターを連れて現れた。入院する時、私は朱門の代わりに、家族として、無駄な延命を拒否する条項に丸をつけた書類を提出している。だから医師は、病人の心臓を再稼動させるような一切の処置をしなかった。

その頃、朝陽がはっきりと東の空に昇った。雪を頂いた富士山が遠い町並みの彼方に見え、眼下の中原街道は朝の活気を帯び始めた。

私は子供の時から、自分の身の上に起きたことは、些細なことだと思うようにしつけられてきた。痛みと苦しさは別だったが、肉親や愛する人の死がどんなに辛かろうとも、こんなにひどい目に遭わされるのは自分だけだ、と思わないようにしつけられたのである。しつけたのは主に母だったが、戦争もカトリックの信仰もそのことを私に教えた。十字架上のイエスの死は、それより楽な死は耐えるべきだ、と教えた。我が子が十字架上で、ローマ兵たちからなぶり殺しにされるのを見た母マリアは、イエスの死後、その体を抱いただろうが、我が子の最期を見届ける最も気丈な母の姿を教えた。

朱門の最期の日々は穏やかなものだった。ずっと緩和ケアーがなされていたようだし、夜中にちょっと苦しそうな気配があると、すぐ当直の看護師さんが秘密のボックスを開けて、ボタンを一押ししてくれる。するとそれだけで病人は楽な表情になった。

これだけの処置をしてもらえる人ばかりではないだろう。何よりも朱門には今、心を残して死なねばならないことがなかった。病気の家族もいないし、返済の時期の迫っている借金もなかった。受験生の孫さえいないのである。九十年以上、家族には言いたい放題を言いながら、世間には半分冗談を許してもらっていた。

私には、朱門の生涯は成功だと言わねばならないことがわかっていた。

それ以上のことを望んではならないことは明白であった。

［第十三話］

肉親を亡くすことは
ごく平凡な変化である。
家族はそれをできるだけ静かに
何気なくやり過ごす義務がある

食べなくなって死ぬのが一番自然な終焉だ

二月三日朝、夫の朱門が息を引きとると、私の周辺には、どっと日常性が押し寄せた。当然のことだが、一人の人間が消えたというのに、世界は何も変わらないのである。多くの家族がこのことを残酷なことと思うかもしれないが、それはむしろ一種の救いなのだろう。自分でも家族でも、仮に限りなく重要な存在と思ったら、かえって耐える力をなくすに違いない。

我が家に起きたことは、事実ごく平凡な変化で、家族はそれをできるだけ静かに何気なくやり過ごす義務がある、と私は現実から教えられたのだ。

病院で手配された葬儀屋さんに、朱門を自宅へ連れ帰ってもらうと、私は偶然その日に予約してあった整形外科の外来で診察を受けて帰ることにした。息子が、「もう親父さんは何の心配もないんだから、ちゃんと診てもらって帰りなさいよ」と言ったからである。本当にその通りであった。

人間は生きているうちに会い、食べさせ、語り、気遣わねばならない。死んでからでは遅いのである。しかしその簡単な原則に、私たちはあまり気づいてはいないのかもしれない。死んだ後でその枕元に座っていても、何も死者の喜びの種にはならないのである。

最期の十日間、私はできる限り昼も夜も病人の傍(かたわ)らにいた。それだけが、思い残りのない偶然の贈り物であった。物理的に家族が傍(そば)にいる体力的、経済的な力がなければ、死んでいく人の、それだけのささやかな望みも叶えられないのである。

しかし後で考えてみると、病人自身も私も、そろそろ体力の限度に来ていたのかもしれない。私の場合、夫の看護人の生活をしたのは、たった一年と数か月だが、二年、三年、あるいは十年、十五年と看病が続くと、看護する側も年老いてくる。七十歳で看病を始めた妻は次の年には七十一歳になり、十年経てば八十歳を越える。当たり前の変化だが、意外と当事者は気がつかない。すると体のあちこちに、思わぬ故障も出てくる。

すべての存在には限度があり、やがては使いものにならなくなって消滅する。この成り行きがあることを、私たちは子供にも教え、自分たちもはっきり自覚していなければならない。物事は、いつまでも続くものではないのである。

もちろん、老人も病人も、患者も看護人も、自分で一人の人の死期を決めるわけにはいかない。私は個人的に、安楽死にも反対である。生涯の長さも死期も人間以外の何か――神でも仏でも――にお任せして、その命令に従うのが好きなのだ。

しかし私たちの場合、夫は九十一歳、私は八十五歳であった。病人は食べなくなり、私は背骨に痛みが出た。

食べなくなる、ということに、私たちはあまり心理的な苦痛を覚えなくてもいいように思う。食べなくなることは、その人がある年齢になって、近い将来、生きることを止めたい、ということを自ら語っているので、きわめて自然なことではないかと思う。食べなくなって、やがて死ぬという経過は、当人も周囲も深く納得するところだろう、という気がする。戦争や飢饉（ききん）で食料がなくなって死ぬ悲惨さがそこにないからである。

動物園で飼育されているゾウやキリンは、年老いると、ある年のある季節から自然に食べなくなり、その状態が続くと、老衰という最も自然な帰結を伴って死ぬ。誰もが納得するのである。しかし最近の人間は、そうなると入院し、胃瘻(いろう)だの点滴だのといろいろ手を加え、数日どころか、数週間、数か月も、場合によっては延命できると思う。しかし……もちろんこのような医学的なことは医師の指導に任せるべきだが……私は、食べなくなって死ぬ人間が、一番動物として自然な終焉のように感じられてならない。

死は静かに隠しておくのが夫婦の「好み」だった

病院から家に帰ると、息子が葬儀屋さんと会って、手はずを決めてくれた後だった。私の家の葬式は、まったく社会的な配慮をしなくてもいいものであった。家族だけで、本当に「うちうちで」やる。そういうものを密葬というのだ、と誰かが言ったが、私は夫の両親と私の実母と三人と同居して、皆が自宅で老衰で亡くなったので、いつもこの形式でお葬式をしてきた。

亡くなった時、夫の父が九十二歳、母が八十九歳、私の母が八十三歳である。共に長年、うちで隠居暮らしをしていて、葬儀の時には、恩師はもちろん同級生もほとんど生存していなかった。稀にまだやや年下の知人が生きておられたが、その人たちといえども、すでにかなりの高齢で、夏は炎天下を歩かせられず、冬は寒風にさらしたくない年齢だった。そんな状態で、我が家の葬式に来てください、とはとても言えなかった。

だからそのたびに、私たちはこの手の「秘密葬式」を出してきた。

我が家には夫と私の二人の作家がいるから、知人の編集者の数も長い年月の間にかなり増えた。葬式を知らせると、そうした人たちが、仕事の合間を割いて来てくれることになるかもしれない。それらの人々の多くは顔さえ見たこともない私たちの両親のために、葬式に来てくれるわけである。それはあまりにも申し訳ないから、親の死は静かに隠しておこうというのが、朱門と私の「好み」であった。

朱門の死の場合は微妙であった。現実には私たちは誰にも知らせなかったのだが、まもなくニュースで報じられてしまったからである。朱門が晩年に公的な仕事に就いていたからである。一九八五年から約一年半、彼は文化庁長官で、その後、二〇〇四年から二〇一四年まで、日本芸術院院長を務めた。

「年寄りで、足腰達者で、暇で、上野の芸術院まで電車で通えるのがあまりいないからさ」と朱門は言っていた。

芸術院というのは、美術、文芸、音楽、演劇、舞踊などの会員を擁する栄誉機関で、文部大臣に対して建議する権限を持つ、という。朱門は週に一回は上野までJRで出かけ（帰りは年を考えて送りの車をいただいていたが）、上野の駅中商店街で、顔見知りの小母さんから、東北地方の駅弁を買って芸術院に入るのを楽しみにしていた。

もし朱門が、文化庁や芸術院に現役で勤めていた時に亡くなったのなら、私たちはけっして秘密葬式を出すわけにはいかなかったろう。そうした組織で働いていれば、責任者の死は公的な事実だから、隠してなどおけない。しかし今、朱門は、まったく自由の身だった。

亡くなって初めてその人の存在意義の答えが出る

葬儀屋さんがまもなく息子の頼んだキリスト教徒用の簡素なお棺を運んでくると、係の人が「中に、何かお好きなものをお入れになってあげてください」と言った。私は一瞬とまどった。お好きなものと言われると、普通、人はお菓子とかお酒とか、将棋の駒とか、謡の本とか思いつくのだろう。もちろん幼い子供だったら、いつも抱いていた人形とか、お母さんがアップリケをしてくれたお弁当袋とか手放せないものがあっただろう。

しかし朱門は最期まで本を読むのだけが楽しみだった。後で思うと臨終に近い日々でも、まだ「今日のうちに、この本を買ってきて……」と言って、私たちを困らせることもあった。新刊本は新聞に広告の出た日には、すぐには手に入らなかったし、雨の中を本屋さんまで買いに行くのは寒いこともあった。

当然のことだが、しかしそれは我が家でも、最優先事項だった。それは朱門の好みを叶えるということでもあったが、そのような本優先の暮らしが、私たちの暮らしの長年の習慣だと思い込んでいたからだ。

人はできれば、「普段していたこと」を最期の日でも続けるのが、最も幸福なことらしい。地球最後の日というものがもしあるとしたら、それをどんな日として過ごしたらいいのか。私はごく普通に暮らして死にたいだろう。朝ご飯が済んだら、部屋の掃除をして、それから私の場合なら最後の原稿を少し書き(たとえそれが使われることのないものであろうとも)、夕方には普通の日と同じように仕事をしまって夕食の支度をし、そして皆におやすみを言って、寝に就く。それ以外のどんな一日の過ごし方があるだろう、という感じだ。

お棺の中の朱門は、セーターにズボン姿だった。朱門は背広を着て、世間に出る日を、あまり好んでいなかった。秘書が誕生日にくれたセーターがお宝で、ひじが抜けるまで着ることもあったが、その中で一番新しいきれいなのを着せたのである。この姿で、朱門は原稿も書き、私とも喋り、食事もし、近くの本屋に本を買いにも出かけた。彼の最も幸福な時間であった。

好きなものを、と言われた時、私が思い出したのは、中にあまり多くの「副葬品」を入れることはよくない、ということだった。そんなものが、焼き場でどんなに邪魔になるのかはよく知らなかったが、私はそれは公共の常識に反することだ、といつか聞いたことがあったのだ。

彼が一番「携行」したかったものは、湯飲みでも、愛用の万年筆でもなく、多分私だったろう。私たちは喧嘩も言い合いもしたが、深く信頼はしていた。一番話が合い、相手が好きなものも、嫌がることもよく知っていた。

最期に近い頃、朱門はなぜか、

「知寿子（私の本名）を裏切ったことはないよ」

と言ったが、言わなくても私の心を生涯支えてくれたのは、朱門だった。両親を亡くした後の私は一人っ子だったので、それ以後は朱門だけが私を庇護してくれる身内だった。

彼はどんな時でも、私を救いに来てくれる、と私は信じていた。大震災の後、瓦礫（がれき）に閉じ込められていても、どこかの外国の刑務所に収監されていても、昔のようにシベリアに抑留されていても、何年かかろうといつか必ず朱門は探しに来てくれる、と私は幼稚に信じていたのだ。

人は失ったものの価値を、失った時に最もはっきり見つける、という。いささか遅ればせだが、それでも致し方ない。

朱門が亡くなった時、私が見つけたのは、彼が人間的に成熟した人だった、ということだった。現実はけっしてそうではない。彼はぶきっちょで、幼稚園の子供でもできるような手先の細工ができなかった。つまりエプロンの紐（ひも）を首の後ろで結ぶようなことは、最期までできなかったのである。

しかし彼の精神は大人だった。彼は、単純に自分の接した相手の評価をしなかった。物質的なものを求めすぎる人や、すぐ結果を期待する人のことは少し笑ったが、そのたびに私は自分が笑われているような気がした。

考えてみると、人は生きている限り、年齢によっても、環境によっても変わっている。だから結果は出ない。その人が亡くなった時、私たちは初めてその人の存在の意義について答えが出るのかもしれない。

［第十四話］

努力と結果は一致しないし
将来の幸福とも関係ない。
努力は現世で
成功するためではなく
悔いなく死ぬための準備である

満足して今日を生きるための務め

ごく普通に育つ子供たちが、学校時代に受ける教育を考えてみると、親からも、先生たちからも、ほとんど同じようなことを教わるものである。私の家庭では、時々学校の教育方針に明らかに逆らうようなことも私に命じたが、それは、現実の日本人の生活の中では、非の打ちどころのないような古い儒教的な生活の規範を疎開先の県立高校から守れと言われた時に、もっと人間的であっていい、と命じたことであった。

多くの親や学校が口にしたのは、子供たちは生活の中で努力して勉強すれば必ず報われる、ということであった。少し大きくなれば、努力とその結果は、必ずしも因果関係にない、ということもよくわかるのだが、もし小学校にも上がらないような幼い子供が、

「結果は運よ」

などと言ったら、親はまた別の精神的偏りを心配するだろう。

努力主義が身に付けば、学校の成績だけでなく、卒業後の大人としての生活もうまくいく、というふうに暗示されていたので、子供としては、なんとなく世間知には背けないような思いにもなるのであった。

それというのも、一族の知り合いの中には、必ず「あの人は、一生何をやっても芽が出ないねえ」と陰で言われている不運な人がいるもので、そういう人が、父のいない隙に母にほんのわずかなお金を借りに来たり、用事もないのに冷酒の一本も飲ませてもらおうとしてやって来たりするのを見ていると、自分も勉強しなければ、きっとあの人のようになるのだ、と思わせられた節はある。

努力と結果は決して一致しないし、一生懸命学ぶことは将来の成功とも幸福ともほとんど関係ない、と子供たちがわかるのは、何歳くらいからだろうか。しかしそれでもなお――親から影響を受けなくなった歳からでも――大抵の子供には、将来の成功のための基本的な姿勢として、努力主義の影響を残してしまう。そしてそのような子供たちが人生の中年を迎えると（ということは五十歳を越えるようになると）、こうした努力は、現世で成功するためでなく、ただ悔いなく死ぬための準備である、と覚（さと）るようになる。と同時に、それは生きるための姿勢なのだ、とも言いたくなるのだが、納得して死ぬための務めと、満足して今日を生きるための務めとは、互いの末端が繋がり合っていて、言葉の違いほどには分けられていないこともまたわかるのである。

現世でこの満足の度合いをどこに置くか、という水準を世間的な評価に置くと、人間はずっとその尺度で追いまくられる。

昔だって経済格差はひどかった

今は日本中が豊かになって、ほとんどの人が、冷蔵庫、洗濯機、最近では空調設備、自動車などを持つようになった。しかし私が結婚した頃、洗濯機もまだ一般的でなく、私たちは古いスタイルの、氷の塊を入れる冷蔵庫を使っていた。

私は初めからあまり本の売れない作家だったが、一九七〇年代の初めに、生まれて初めて自分の本がベストセラーと言われるほどの部数に達した時は、あらためて作家でお金が入る人もいるのだ、ということを知った。その頃会った人の中には、「どうしたらベストセラーになる本が書けますか」と私に聞く人もいたが、それが最初からわかっているくらいなら、多くの編集者も、もちろん作家自身も何も苦労はしないだろう。それに本音を言うと、作家の中には、本が売れても売れなくても、今自分は書くほかはないのだ、と思い詰めるテーマがあることも本当なのだ。

編集者にしても、自分の受け持つ作家には、一種の身びいきも生じるものだろうから、作った本は皆ある程度はいいものだと思ってくれているかもしれないが、その厳しい本職の目をくぐり抜けても、本がたくさん売れるかどうかは、運次第、社会に吹いているその時の風向き次第なのである。

ベストセラーになって、私がお金を儲けたということになると、知人がさらに私に尋ねた。

「そのお金で何を買ったんです？　結城の着物？」

女流作家の中には、着物に目がない人も多かった。私も和服は好きだったし、殊に紬というものは、どんな贅沢な訪問着よりも素晴らしく思えた。そもそも絹織物なのだから、軽くて温かくて涼しい。生地自体が自然に肌にまつわりついてくれる。裾も乱れず、それでいて体形の崩れも、適当に隠してくれた。着ていて楽だから、旅行にさえ行ける。

殊に結城紬は別格だった。値段もそれなりに高い。日本の庶民の贅沢さもこうした絹織物に表れるのだが、紬は所詮普段着だから、それを着て結婚式に出られるものではない。せいぜいでクラス会、歌舞伎の観劇に行けるくらいの織物の格なのだろう。

その中でも手織りの名手にだけに織りを頼っていると言われる結城は、一反百万円を超えるものさえ、当時でも珍しくはなかったのである。

私は結城など未だ一枚も持っていなかったが、人が着ているのを見て、そのうちに欲しいとは思っていた。人は他人から惨(みじ)めな生活と思われないためにも時々はお金を出すが、何より、おいしいもの、着心地・居心地がいいものにもお金を出していいのである。

しかし当時私には結城より先に買わねばならないものがあった。初代の電気冷蔵庫がどこかから水漏れがしてくるような状態だったので、今度はアイス・キューブがころころと卵のように出て来るアメリカ製の電気冷蔵庫を買いたかった。私はお酒を飲まなかったが、結婚した後でうちへ来るお客は、友人にせよ編集者にせよ、みんなお酒飲みだったから、オンザロック用の氷の卵は時々必要だった。そしてベストセラーのお金で氷の卵を生む大きな冷蔵庫を買えただけで、私は満足した。

一九六四年の東京オリンピックが私の記憶に残るのは、その頃、どこの家庭でも、モノクロの小さな十八インチのテレビを買うか買わないかが大きな問題だったことだ。欲しかったが、高かったのでその決断がなかなかつかなかったのである。そして私の家がその典型だと思うが、オリンピックを機に、仕方がない、小学生の子供も欲しがるから、無理しても買うか、という家庭も多かったのである。

日本人の経済的生活には格差がひどい、などと今でも言っているが、当時だってテレビがある家とない家とは、その差は「バレバレ」であった。マンガやプロレスが見たいのに家にテレビがない子供は、どうしていたかというと、友達の家に上がり込んで見せてもらっていたか、近くの駅舎の上に付いている「街頭テレビ」なるものに群がって見ていたのである。そのテレビだって決して画面は大きくはなかったので、よく見えたものだと思うが、八割方の男性が、帰宅帰りに駅のテレビの前に立ち止まって見ていたのである。

プロレスが流行したのは、オリンピックより前だったと思うが、当時、力道山というスター性のあるプロレスラーがいて、ボクシングより素人向きにおもしろかったので、私も喜んで見ていた。あの荒っぽい技が演技だということがどうしてもよく理解できず、本当にあんなに激しく殴ったり放り投げたりして、相手は死んでしまわないものなのだろうか、などと素朴な心配までしていたのである。

死ぬのも務めならそれまで生きるのも務め

私は最近、死ぬまでに、今まで体験しなかったものも、機会があったら行ってみよう、と思うようになった。私はこれでも少しは遠慮するところがあり、私がそこに参加することで、少しでも邪魔になったり、会場が混んだりするようだったら出席を止めておこうと今まで考えてきたのである。しかし一度だけ体験して幸せを感じ、生きているうちに誰かがその話をする時には、もっと深く味わえるようになっておくのもいいかと思うようになったのである。

その一つが、大阪造幣局の通称「通り抜け」という桜の並木で、もちろん私はまだ見たことはないのだが、見事な桜並木は染井吉野だけでなく、いろいろな桜の種類があるのだという。今までに何度か誘われたことはあるのだが、私は大阪まで桜見物に出かける余裕もないうちに歳をとった。

しかし今年、夫を見送ると、私はもう看病に気を遣う人もいなくなり、来年は一度見せてもらってから死んでもいい、と考えるようになった。

先日会った大阪住まいの知人は、「え⁉　まだあんな名所をご覧になったことないんですか」と驚いていたが、私は今まで本当に余裕のない生活をして来たのである。だから来年は大阪で会いましょうと約束して別れた。果たせる約束かどうかは確実ではないが、こういう一年先の楽しみも優雅でいいものだ。

実は、人間の生涯も有限なもので、死ぬのも務め、ということを言いたくてこの文章を書き出した面もあるのだが、死ぬのも務めなら、それまで生きるのも務め、だということにも言及しなければならないような気持ちにもなった。

充足した生涯がなかったように見える人が死ぬと、周囲は、

「あの人はもっとやりたいことを、充分にやって死んだらよかったのに」

と人ごとながら悼むのである。

例えば、お金をたくさん持ちながら、何一つ遊びもせず、ただ気むずかしい夫に仕えてきたような妻が、一時代前には、いくらでもいたものであった。そういう人が、同級生と一晩泊まりで温泉に行っても、時々知人とレストランで

食事をしても、それに使うくらいのお金はいくらでもあったのである。しかしもちろん夫が吝嗇(りんしょく)（※けち、しみったれの意）で、そのようなことに金を使うのは許さん、と普段から言い続けていたので、許可が出ないものと思っていたのかもしれない。

お金というものは、ないよりあったほうがいい。なぜならそれで、簡単に楽をすることもあるし、ちょっとした楽しさを誰かに贈ることができる場合もあるからである。しかし最終的な深い幸福を誰かに贈ることは、お金ではできない。そのような機能的な限度を知って、お金は愛するほうがいい。

体力、健康、運命、その他の状況が許す限りは現世で働き、自然に力尽きるように、あるいは運命から、

「もう働かなくていいよ」

と言われるような事態になった時、明るく現場を去る（死ねる）ような生き方が最も自然でいい。

こうした変化を自然に受け止めるのは、もちろん学歴の高さでも、知能の優

劣でもない。自然に生きた何十年かの間に、この一刻一刻の周囲の変化を、胸ときめかせるような思いで、味わって来たかどうかであろう。そのような貴重な記憶があれば、生きる者の務めを果たしつつ生き、死ぬ者の務めを自覚した時には、静かに去って行ける。その告知は、別に声にも音にもならないのだろうが、告げられる人には聞こえているはずだ、と最近私は思うようになってい る。

［第十五話］

人生は目的に達すれば
いいというものではない。
楽しんだり苦しんだりする
道程に意味があるのだ

毎日生きるべき目的を持っているほうが楽だ

死ぬ前には、身の回りの始末をして行くべきだ、と人は言い、私も自分は実行しているかのように言っている。

確かにピクニックに行っても、私たちは帰り際には、ゴミを拾って帰りなさい、と子供の時から教えられるのである。つまり自然が優位を占める所では、人間がそこへ行ったという痕跡を消してきなさい、ということだ。

人は常に矛盾した目的を持つ。最近、自然を保とうという運動が盛んだが、自然を保つということは、開発をしないことだ。しかし私はやはり便利さも欲しい。道路は舗装されていなければ、長雨が降り続くと移動もできないし、川に橋がなければ、向こう岸の人と会うこともできない。

だから私たちは、同時に矛盾した二つのことを求める性格を持っているとも言える。死の前に、すべてを捨てておきたい、という思いと、それでも今日明日にも、まだ自分のけちな欲望のために、世界を拡げておきたい、物も持っていたい、という意欲との間で闘うのである。

いつも私は、「捨てるのが得意なのよ」などと言っている。事実、押入れの襖が膨らみそうになるほどの物を溜めたこともないし、記念の写真や大切な手紙なども、いつか焼いてしまうのが当然と、常に心理的な始末をつけている。しかし現実に、自分が生きた痕跡さえ残さずに現世を去ることは、無理なのだ。人は生きている間は、必ず人の世話になり、迷惑もかけ、時々はその人のために働くこともできる。

私の周囲には、膨大な量のある物を整理して行かねばならない運命を持つ人がいる。それはその人自身の研究の成果を出すことだったり、その人の父が残していった芸術的な作品をどこに集めて誰に管理してもらうかを決定することであったりする。業界のまとめ役をしている人は、個性の強い人たちの共通の利益のために、「同じ行動をとってもらうこと」を何とか納得させようとしている。彼自身が舵取りの役をしなければならなかったのである。

それらを果たして死にたい、という思いは誰にでもある。そしてその執着が、その人の最期の寿命を伸ばし、遺業として残せる範囲の体裁をとれるようにすることもある。執着は決して悪いことではない。

第一、人間は毎日生きるべき目的を持っているほうが楽だ。大したことでなくていい。冷蔵庫の野菜の保管庫に眠っている野菜類を、今日のうちに煮て食べてしまおう、という程度の目的で暮らしている女性は、私をはじめとして世間にたくさんいる。しかしそれでも目的としては立派なものなのだ。

残りものの野菜をそれでもお惣菜として使うということは、それなりに積極的な行為だと言える。不用品になりかけているものを救うという仕事は、何ら積極的な意味を持つ行為とは言えないような気もするが、実はそうでもない。手の届く範囲にある品物を生かして暮らすということは、建設的作業なのだ。

もっぱら物を買う（つまり増やす）趣味の人もいるが、私のようにそれと同じくらいの情熱で物を捨てる（つまり減らす）ことに熱心な人もいる。その場合も、捨てる代わりに何かを得ようとしているのである。

人間は、すべて一夜にして失う運命を背負っている

捨てるものには、いろいろなジャンルのものがあるだろう。

歳をとると、人間関係さえも捨てなければならない時がある。その日に、その人に会えない事情が発生したというような物理的な事情のある場合も多いが、自分にもう少し体力があって、その事情を相手に説明できれば何とかして運命が急激にねじれるのを防げたのに、私の気力が尽きて、放置したのだ、と思うこともある。それをきっかけに私は何となく、その人と疎遠になってしまったのだ。悲しかったが、私は深くは悔やまなかった。そういうこともあるだろう、という思いだった。もしこういうような運命の部分がなければ、人間はすべての未来を確実に自分の手で支配できるかのように感じて、思い上がるだろう。

私が小学校の高学年の時、私の父は、直腸がんになった。戦前の医学も素晴らしかったのだろう、父は手術を受けて人工肛門を付け、八十九歳まで寿命を

全うした。亡くなった時は、がんではなく、心臓系の疾患だった。

父が手術を受ける頃、当時の日本には、健康保険などというものもなかったので、私の家の経済は逼迫した。父がかなり贅沢な病院で、長期の入院をしていたせいもある。まだ抗生物質などない時代だったから、手術後の腹壁の化膿が治らないと、入院は数か月にも及んだのである。

母は将来の暮らしにも危機感を持ったのか、熱海に買ってまもなくの温泉付きの別荘を売りに出した。母は四十代の後半になって、初めてそうした贅沢な買物をしたのであった。

それを夫の病気で、何年も経たないうちに、売りに出さねばならなくなったのである。

母と私は心理的によく結び付いた女性二人だった。だから母は、子供の私に、自分の心理を大人に言うように打ち明けたし、私もかなり複雑な大人の世界まで、幼い時からよく理解していた。

母は運命と、よく闘う女性だった。運命に流されっぱなしの女性という人もいるが、母はそれとは正反対の性格だった。私は母のそうした資質を好きだったが、あんまり頑張らなくてもいいのに、と思うことはよくあった。

簡単に言うと、母は父と離婚したかったのである。しかし父はそれを望んでいなかったので、どうしても離婚したいなら勝手に出て行け、という調子だった。戦前の夫婦のすべての財産は夫の名義になっていたらしく、父に不貞の事実もなければ、母は離婚に際しても、父の理解なしに財産の分与に与れないわけである。

しかし今考えてみると、母にも計算高いところがあった。離婚したい時には、その後のことなど考えずにともかく離婚すればいい、というのが、私の考え方だった。目的に向かってまっしぐらである。しかし母は、私がもともと通っていた私立学校に通い続けられるようにしたいなどという俗念を残していた。つまり父からそれだけの生活費を取ろうと考えていたのだろう。

こういう性格を世間は、もしかすると「思慮深い」などと言うのである。しかし私に言わせると、希望は第一に希望するものだけ手に取れるようにすればいいのだし、またそれが叶えられなければ離婚しないという計算もあり得る。しかし、希望はすべて複数、第一から第三のものまでは叶えてもらわねばならない、などと思うのは、贅沢すぎる。

私は自分が諦めのいい性格だと思う。生まれつきそうなのか、中学生の時、東京大空襲に遭って、首都が一晩で焼ける光景を見たからなのか、人間がこの世で手に入れたものは、すべて一夜にして失うかもしれない運命を背負っている、と考える癖がついた。

焦土になった東京は、その後復興に何十年もかかるだろう、と言われた。しかしそんなことはなかった。日本人は信じられないほどの勤勉さに支えられて、都市の繁栄を取り戻した。建設するのも、破壊されるのも、簡単なものだ、と私は理解した。もっともその背後には、人やお金や物を失った人たちの、深い痛恨が定着したことも体験した。人生はそうした起伏によって創られていくのであった。

人は時間切れという自然の経過によって生きている

死ぬまでに、という時間的な目的があるということは、考えてみれば、幸福な観念が用意されているものだ。もし人がいつまでも死なず、一生が永遠に近くなれば、人間は感動するということもなくなるだろう。私はお酒飲みではないが、永遠の人生というものは、一生酔っぱらい続けているようなものではないか、と思う。

大事なことには終わりがある、ということなのだ。そこで初めて目的というものが見え、道程という時間が意味あるものとなる。目的に達すればいいというものではないのだ。人らしく楽しみも苦しみもするのは、その道程においてなのだ。

そして大抵の人が、死ぬまでに完全には目的を達しられない。箪笥一本整理して死ぬつもりだったのに、結局手もつけずに死んだなどという話は世間に決して珍しくないのである。

作家にとっての悲喜劇は、原稿の締め切りまでに推敲（すいこう）をするという作業だか習慣だかが残っていることである。簡単な誤字脱字を見つけるだけではない。いわゆる表現の部分に野放図に手を入れたくなるのである。

これはかなり贅沢な作業で、作家の幸せというものは、スポーツ選手のようにその時に出た記録だけで一瞬にして決まるのではない。後々まで長く、作品に手を入れ続けられる時間を持っているのだ。

しかしそれにも限度がある。普通は雑誌の締め切りというものがある。それまでに、あまり迷惑にならない程度に訂正すべき箇所には手を入れて、編集部に返さねばならない。その時が諦め時なのである。

新聞小説は一日分原稿用紙だいたい三枚ずつ、毎日書いて渡す。昔まだファックスなどという便利な機械がない時代には、新聞社のオートバイが、原稿を取りに来てくれた。その時が時間切れである。もっとも流行作家と言われている作家は、仲間とマージャンをしている最中にこのオートバイの音が聞こえると、「ちょっと失礼」と言って三十分ばかり座を外す。その間に一日分を書いて渡すという離れ業をするのだという。

いずれにせよ、人は時間切れという自然の経過によって生きている。時間切れになれば、すべてのことは片がつく。

「時間切れ」という観念を作り出した神のような存在は、古来存在した優秀な官僚組織の一員なのか、「あなたは私の運命なのよ（ユー・アー・マイ・デスティニィ）」というあの歌の作詞者と同一人物のような人なのか、それとも平凡な哲学者なのか、さまざまに考えられるのである。

［第十六話］

日本では稼ぎ手の夫が死んだから
飢えに苦しむという状況はない。
だからこそ喪失は
心理的なものとなり
残された者の悲しみは深くなる

客観的には、夫の死はそんなに悲惨ではなかった

私たちは、死を自分一人に関係のある運命の変化のように思っている。心中をする二人は、人為的に死を決行することを二人だけが共有する運命のように思っているが、決してそうではないだろう。私はまだ死んだことがないので、死に関して決定的なことは言えないが、実は私たちは、まったく一人ずつ生き、一人ずつ死んでいく。遠足や旅行は、親しい友達と一緒に行けるが、死は決して運命の過程の楽しさや苦労を分かち合うことはできない。

一人の死の背後には、必ず残された家族がいる。もちろん終生、一人暮らしだったという人もいるだろうが、人は必ずどこかに生物学的父と母がいるのだから、意識的つながりのある人がいても不思議はない。

その人の死によって、ほとんど誰一人として心を動かされないという人もいるだろうけれど、普通は、現世でその人が占めていた物理的・心理的空間が、

急になるという異変に、到底うまく即応はできないのである。

死者の家族の中には、自分は取り残され、置いていかれた存在だ、という意識を持つ人も多い。

仲の良い夫婦や、幼い子供とその親たちは、配偶者や子供の存在は当然のことだと考えている。

私は独立心の強い妻だと、自分では思っていた。夫は、そもそも外国旅行が嫌いであったから、私が何度かアフリカに行った時も、一緒に来たことがない。だから私は一人で危険の要素を予測し、備えるなり避けるなりして、自分の身を守るほかはないと覚悟していた。

しかし現世で、自分一人で身を守るほかはないと覚悟することと、相手がまったくいないということとは、完全に違う感覚であった。

夫の死は、私を置いて、どこかへ行ってしまった、という感じであった。夫がある日何も言わずに家を出て、そして何年も音沙汰なく、生死もわからない、という時、私は悲しむよりも怒るのではないか、という気がする。それと似た感情である。

私の場合、夫の死はある日、現実の出来事として体験したから、私は夫が現世からいなくなるという状態を疑うこともなかったのだが、それだけに自分を殻を剥がれたミノムシのように感じたのは事実であった。夫は心身ともに、いつも私を守ってくれる存在だと私は感じていた。現実には、暴漢に遭った場合、夫がどう私を守ってくれるかは疑問である。夫はいち早く、私を置いて逃げ出し、後で私がなじると、「いや、あれは警官を呼びに行ったんだ」と卑怯な言い訳をするに違いない。

暴力に対しては無力でも、夫は少なくとも私を心理的に守ってくれる存在だった。彼が生きていた間、私は夫のミノの中に置かれたミノムシでいられた。

しかし客観的に見ると、私は夫がいなくなっても、そんなに悲惨ではなかった。日本では誰もが雨の漏らない家に住んで、暑さ寒さからも一応守られている。一家の稼ぎ手の夫が死んだから、今日からご飯が食べられなくなった、という状況の人もめったにいない。

だからこそ、残された人の悲しみは深くなるとも言える。

仮に、乞食同様の暮らしをしている一家がいるとしよう。現在の日本にはいないけれど、ヨーロッパにならら、一家の稼ぎ手であるべき夫が死ぬと、今夜から、どうして食べていけばいいかという人たちも、決して珍しくはないのである。日本は世界で最も制度の整った福祉国家だから、町でお金をねだっている乞食がいない。

しかし一家のお父さんが死ぬと、今日から食べていけないような一家がもしいたとしたら、彼らの一番の関心は、実は夫であり父である人の死よりも、今後どうして食べていったらいいか、ということだと言える。日本には、今日から無収入になって夕飯のお米も手に入らない、という人がいないのだが、外国には、働き手の父が死ねば、その日から子供たちは、その日のパンを買えなくなる、という素朴な形の不幸がまだ残っている国もある。父を失った悲しみも大きいが、飢えに苦しむという現実は、もっと現実的な不安として遺族を苦しめる。

だからその最悪の条件が――もし社会的な救済のシステムがあって、経済的にだけは救われるとしたら――そこで一家の大黒柱としての父の死の意味はいささか変わってくるかもしれない。その場合、死の不安は量的なもの（食べられなくなる）から、質的（精神的な不安）に、素早く変わるかもしれない。つまり父の存在はファミリー・メンバーの個人的相談相手であり、毎日暮らす上でのその家族の社会での「顔」として、一種の総合的な保安要因さえも司っている存在なのかもしれない。

それが取り払われるのが、死の残酷さだ。

夫の死による悲劇を避けるため女性は自立を望んだ

昔の教育、殊に女子教育において、女性はすべて男性の後に立ち、男は女性を庇護（ひご）し、その代わりに全生活の責任を負う、という社会生活の形態をとることが多かった。そうした暮らしの中では、女性は夫の死後も大きな社会的責任を負担することはなくて済んでいたのである。大家族であれば、残された未亡人の暮らしをどうやって成り立たせたらいいかを、一族の中の誰かが考えてやるものであった。

イスラム教徒が、妻を四人まで持っていいというのは、好色の故ではなく、砂漠の放牧という厳しい生活様式では、未亡人になった女性が、子供を連れて家畜を飼いながら暮らしを立てるのは難しいとされるので、むしろこうした母と子を、安全に特定の男性の庇護の下につけてやるほうがいいという考え方の結果出てきた制度なのだという。しかし一族の中の誰にせよ、夫以外の人の庇護の下に加えられるということになれば、その微妙な地位や勢力の変化は、深刻な女性の悲劇として、昔から形を違えて続いてきたことだろう。

それが残酷だから、私たちは、女性も男性と同じように、自立することを望んだのだ。若い時から男と同じように学び、得意の分野の技術を身に付け、どんな境遇になっても、それで食べていく。結婚はいわば付帯的状況だ、ということにしたかったのである。

私の若い頃なら、一つの職場の責任者として女性が現れると、新鮮な驚きを持ったものだった。しかし今では、そんなことは当たり前の「現象」だ。

私はしかし非常識は望まない。先日、稲田朋美前防衛大臣が着任した時は、なぜわざわざ人気取りのような人事を安倍総理という方はするのか、と思ったものだ。防衛大臣には普通女性は起用しない。プロレスの運営委員会に女性の委員を採用するようなものだからだ。

不自然はすべて美しくない。女性が社会で活躍する分野は途方もなく広い。しかしいくら現在、私たちは平和を望み戦争への道は避けようとしているといっても、古来戦いには従事してこなかった女性を、大臣に起用することはないのだ。

世の中の動きは、自然がいい

誰が死んでも、人類は死滅しなかった。部族間の戦いもあったし、コレラやペストなどの疫病によって、多くの人が一挙に死んだ時代もあった。しかしそれでも、人は生み、育て、貧困や食料の不足にも耐えて、生存をし続けた。私が驚いたのは、現在でも、社会が食料の不足に苦しむと、その土地の受胎率は上がるという事実だ。種の保存の本能が危機感を感じるのか、人口は飢餓の状態の中でこそ、増えるのだという。

一家の中でも同じだ。大黒柱のお父さんが死ぬと、遺族は生きていられないように思う。しかしだからと言って、残された人々が餓死したり、心中したりするケースはきわめて稀なのだ。むしろ後で考えると、考えられないほどの困難や不幸の中で、一家・親子は団結し、生きていく。

それが人間が生き残る力なのである。ただ個々の現実には、人間的な心身両面の助けが要る。古来、慈悲や社会的援助の体制が必要とされるところなのである。

世の中の動きは、自然がいい。

もし母子問題担当省というのがあったら、その大臣は女性がいい。問題を知り尽くしているのだから、わざわざそのポストに不自然に男性を充てることはない。

稲田氏は、軍というものの基本的に持つ特性もあまりご存知なかったらしい。例えば情報公開という民主主義的原則を軍にも当てはめなければならない、と思っておられるとしたら、これなどまったく愚かしいことである。戦略は非公開だからこそ戦略なのだ。

戦闘する軍は、民主主義的組織ではありえない。緊急時の命令は、民主的合議制で決められたりはしない。一人の指揮官の、直感や体験で行われることも珍しくはない。「軍の情報公開」などというものは、ポーズか、部分的に戦争抑止の手段に使われるだけである。真の戦闘力は、あくまで韜晦（とうかい）（姿をくらますこと）を基本とする。しかし自衛隊の公的な組織も、個々の隊員の個人的暮らしも、現代の民主主義的理想と意識の形に何ら抵触するものではない。

文学の世界も民主的ではない。作品は個人的、一方的、独断的である。しかしその判断の結果は、あくまで個人の生活の範囲に留まる。作家の感情が、一般的なものとして公認されることはほとんどない。

死は普遍的・公的なものであると同時に、完全に個人的なものでもある。私たちは家族を見送る時、きわめて私的な思いで別れを告げる。だからそこに公的な強制があってはならないのだが、社会的な有力者ほど、自分の死を個人的なものにできない、という悲劇はある。大会社の責任者や政治家は、その死を公表し、その人が生前働いていた誰がどういう形で引き継ぐかをできるだけ早く明確にしなければならないのである。

［第十七話］

今では生きることは
当然のことと思われている。
しかし現実はそうではない。
だから、生涯共に何十年かを
生きられることは
大きな幸運と思わねばならない

人は突然の大きな変化に耐えるほど頑丈ではない

存在という語は重い現実を示す。

戦争中、日本の都会の多くの家が空襲を受けた。当時は焼夷弾と呼ばれる火災を起こすための小型爆弾が水を撒くように投下されていたので、東京も何回かにわたって火の海になった。人々は一夜にして家も家財も一切のものを失ったのである。家や家財だけではない。美術品も記念の写真も、時には家族の命さえ失った。

火事に耐えるようになっているお倉を持っている家は、金目のものをそのお倉に入れ、分厚い扉を閉めて、上から目塗りをし逃げた。そのために、家は焼けてもお倉は焼け残ったという家庭はたくさんある。そういう幸運なうちは、住む家が焼けた後も、親戚の家に居候になりに行ったりせずに、自分の家のお倉の中で日常生活を送ることもできたのである。

運良くお倉そのものが焼け残っても、大火の翌日、慌ててお倉を開けてはいけない、と言われていた。大火の後は、まだ周りが熱いので、急に乾いたお倉の中のものに火が移り、一気に燃え上がる恐れがあったらしい。

一九四五年五月、私は大空襲の数時間後、焼けた直後の本郷の伯父の家に辿り着いたことがある。わざわざ見舞いに行ったのではない。母と私は北陸に行く列車の中で空襲に遭い、赤羽の少し北の見知らぬ町で列車を捨てて退避しなければならなかった。地図もなく、当時は交差点に標識もなかった。夜の町を徒歩で、とにかく南へ行く道を辿り、やっと本郷まで辿り着いたのである。

伯父の家は表階段と裏階段のあるような大きな家であったが、完全に焼けて跡形もなかった。敷地の上には大きな青空が広がっていた、と書きたいところだが、空襲の翌日の東京の空はすさまじい火事の煙で、薄墨色にどんよりと曇っていた。濃い煙の奥に、太陽が光を失ったまま、オレンジの実のように中空に浮かんでいた。泣き腫(は)らしたような目をした人々は疲れ切っていた。本当に泣いている人もいただろうが、目を煙でやられて腫れている人がほとんどだった。

伯父の家の焼け跡には、私と仲の良かったハイティーンの従兄(いとこ)が整理のために居残っていた。

「知寿子ちゃん（私の本名）に借りてたレコード、皆焼けちゃったよ」

と彼は私に言い、ひん曲がって融(と)けた黒い塊になっているレコードの焼け残りを見せた。空襲の数週間前、私は遊びに来た彼に、私が持っていたわずかなレコードを貸したのである。それはくだらないものではあったが、当時の私にとっては一種のお宝であった。

彼はそれから「何もないけど……」と後で考えるとおかしな言い方をしながら、私たち母子に金物のザルに入っている薄汚い奇妙な塊をさし出した。

それは、私が生涯に「初めてで最後に」見た、「茹で卵」ではない「焼け卵」であった。防空壕の一つに入れておいた貴重品の卵が、火で焼けて、丁度いい程度に黄身が固まっていたのである。お腹も空いていたので、私はさっそくその奇妙ないぶり臭(くさ)い味の卵をご馳走になった。

戦争中、その人の人生にどれだけの重みを持っていたかわからない財産とか家屋敷とかいうものは、そのようにして一夜のうちに焼失することを、まだローティーンの私は実感として知った。そうした体験がなかったら、私は人でも物でも、突然存在が失われることの奇妙な感覚に馴れたり、その現実を許したりすることができなかったろう。まだ精神的に幼かった私は、世間で起きる重大な物事は（きちんとした理由のもとに、すべて周囲の人々の納得を得て）整然と起こるものだ、と思っていたのだ。

夫の三浦朱門がまだ生きていた頃から、私は何度も自分一人が生き残る日を想像して覚悟していたつもりだった。それほどそれは恐ろしいこととも言えたし、彼と私は五歳と八か月ほどの歳の差があるのだから、覚悟は当然のこととも言えた。そして私は小説家だから、現世に起き得ることを想像することも楽にできたし、そういう心の操作については、人並み以上にはできるだろう、と思っていたのだ。

それはその通りにできた。朱門の最期の頃、私は一度も彼に生活上の相談をしたことがないような気がする。彼が病気がちになっても、私たちは今まで何十年としてきたのと同じ暮らし方をしようとしていた。私たちの仕事のために働いてくれる秘書もお手伝いさんも、何十年と人数はおろか顔ぶれまで変わらない。私にとってはそれが家族の「面々」だったのだ。

毎月同じ程度にお金を使い、毎食同じくらいの皿数のおかずを作り、障子(しょうじ)の破れや、伸び放題に伸びた庭木に対する手入れも同じような頻度(ひんど)でしていた。私の幼い頃、つまり我が家の経済的主権がまだ私の父に委ねられていた頃は(私たち夫婦は、一人っ子の私の相続した古い家に、結婚後も住むことになった)庭木の整理をするために、年に何度か植木屋さんを入れることを当然としていた。しかし私たちの代になると、私も夫もどちらも庭木にお金をかけることを少し無駄のように感じていたので、自然にその手入れの回数を減らしてしまっていた。

しかし人間の「散髪」と同じで、庭木も放っておくと、樹形そのものまで崩れてしまう。庭木は先を切ることによって、根本にも新しい枝が伸び、中がすけすけになることを免れるのである。

朱門の死の直後、私も人並みに、私たちの生活を切り詰めることを考えた。そうすることが世間の常識に合っていることも知っていた。しかし一方で私は、「生活はそれまで通り」が一番いいという感覚を変えられなかった。一人の人間の生活が、急に変化するというのは、どう考えてもあまり幸せなこととは考えられない。

博打で大当たりをする。一家の主人が、大臣に任命される。社長になる。親が死んで、その財産を相続する。

どれも運は明るいほうに向いてきたようにも見えるが、私はそうも思えなかった。急激な変化は、人間の体にも精神にもよくない。

とにかく私たちの体も心も、突然の大きな変化に耐えるほど頑丈ではないだろう。私はあまり大きな病気はしなかったし、世界の「難民」並みの社会の変化なら、それこそ人並みに耐えられるだろうと思っていた。

他人が体験する程度の生活の変化なら、人間は耐えられる。というか、その変化に納得せざるをえない。それどころか、台所を少し改築したり、隙間ができかけていたガラス戸をエアータイトの最新式のものに換えたりすれば、それだけでもむしろ我々はこれで生活の質を上げられたとさえ感じられる。しかしたとえ今まで住んでいた家からみると、豪邸に入ったと感じられる場合でさえ、大きな変化は心と体に悪い場合のほうが多いのだ。

人でも物でも、それが存在することに馴れるには一定の時間がかかる。馴れるというほど意識的なものではないかもしれない。しかし長年茶の間にあった茶箪笥（ちゃだんす）を捨ててしまった跡に、その部分だけ日焼けしていない青い畳の色が目立ったりすると、人間は不思議と動物的に落ち着かなくなる。少なくとも私はその手の人間だ。そして幸福というものは、安定と不変に尽きる、という気分にさえなるのである。

しかし人生では、この二つが最も維持するのに難しいものなのだ。

私が今飼っている二匹の猫のうちの「雪」という名の白毛の牝（めす）の子猫は、私が寝室の戸を閉めて部屋に入れてやらないと、必ず二階への階段の上から二段目に寝そべっている。彼女にすれば、そこなら私を見逃すことがないからそこで私を「張って」いるのである。

動物の本質もまた安定と不変を求めている。雪は、顔と声と匂いに馴れた私がいれば、キャットフードの餌ももらえるし、時々気が向けばベッドにも入れてもらえると知っているのだろう。猫には退屈ということがない。四季は暑い寒いだけだ。そして時間の経過もない。しかし人間からみて、猫にさえ生涯を通して、変わらない凡庸な暮らしをさせてやることは至難のわざであるかもしれない。ましてや人間の家族が、生涯共に何十年かを生きられる、ということは、大きな幸運だと思わねばならないかもしれない。

生きるということは、死を拒否して成り立つ

難民として国々を彷徨(さまよ)い歩くほかはない人々の暮らしを、私たちはしばしば

マスコミで知る。お金もなく、食料の備蓄もなく、財産らしいものは、細い金の腕輪と耳輪くらいしか身につけていない。しかしそうした貧しさも、人生の一つの基本の姿かもしれない。

日本人の多くは、生まれた土地をよく記憶し、成長し、学問をした後もしばしば生まれた時を懐かしさに駆られて古里を訪れることができる。つまり時間的な平和が維持されている。そして多くの日本人が、日本で、時には切れ切れになることはあっても、とにかく一生続く仕事に就き、日本人と結婚し、日本・の文化を受け継いだ社会の中で子供を育てることもできる。この状態を平和というのである。

これだけの継続的な時間でも、一人の人間にまともに与えてやれない国家も社会も珍しくはない。大統領が変わって、今までとは違う政党が政権を取ったというだけで、公共の官庁でも勤める人ががらりと交代せねばならず、そこで仕事を得ていた全員が、外国まで逃げて仕事を探そうとしている国もあった。それがクーデターの成功というものであった。

日本が第二次世界大戦で負けると、（それは私の父母の中年時代、私のローティーンの時代に当たるが）、父母が地道な市民として蓄えていた貯金は紙屑のように価値のないものになってしまった。私の父母も、家だけは買い、後は預貯金で老後を生きるつもりだったらしいが、貨幣価値が切り替わって、そんな甘い計画は成り立たなくなったので、戦後の父母は、人並みな経済的困窮を味わっていた。しかしそれは世界的な庶民の生活上の変化としては、当然のことであったのだ。

その頃、日本人は皆、「闇屋」の生活を知った。当時は物資が不足していたから、ほとんどすべての主要物資に「配給」と「公定価格」なるものがあった。しかし生活必需品はそれではとても足りなかったので、自然世間には、その規制の網の目を潜って、不法に物資を手に入れようとする人と、その人たちに不法に高価な価格でものを売りつける闇屋と呼ばれる人たちがいた。闇屋の行為はいいものとは言えなかったが、実情を知っている市民たちは、それが特に非道徳的な悪いものだとも思わなかった。それは致し方がない生きるための行為だと知っていたのである。

人生の生の営みには明暗がある。不法に生きることはよくないのだが、一点の曇りもない生活を送ろうとすると、時には自分の生が脅かされる時もある。

日本の戦後にも、一人の検事が一切の闇物資を買わずに生きようとして餓死と思われる死を遂げた事件があった。そのような人の生き方は正しいものではあったが、自分もそのように生きるべきかどうかは、誰にもわからなかったのである。

今では生きることは当然のことと思われている。しかし現実はそうではない。時には生きるということは、死を拒否して成り立つので、決して穏やかな決断の結果ばかりとは言えないのである。その恐ろしさと厳しさを知るために、人間の創造力・想像力の双方を駆使しないと、人間はそもそも人間にさえなりえない面がある。

［第十八話］

現在何歳であろうと
与えられた死までの時間を大切に
分相応に使わなければならない。
そして、死を常に意識して
謙虚に生きなければならない

死だけでなく、あらゆることに準備が必要だ

私も床運動やフィギュアスケートを見るのが好きなのだが、選手たちの美しさは容貌だけでなく、四肢が連動して見事に動くということにある。一つの行動の前に、必ず予備的な姿勢があり、つまり人間の行動が無駄なく連続する機能を有することを示している。それが動物的な動きではなく、思考的な目的を持って続くのである。

人間は予測することのできる動物なのだ。本能として反射的に逃げたり追ったりすることはあるが、もっと時間をかけ、筋道を考えて、次に起こるであろう事態を考える。

しかし、そんなことをしても無駄、という結果になることも多いのだが、それでも小心な人間は（私が典型的なその一人なのだが）未練のために、安全策を講じようとする。

一九四五年の終戦の時、私は十三歳だった。八月十五日に戦争は正式に終わったのだが、それまでに散々、東京大空襲を体験した。この戦争は、アメリカやイギリス、ソビエトなどの連合国に対して、日本、ドイツ、イタリアなどの枢軸国が戦って敗れたのである。一九四五年の春から八月十五日の終戦まで、日本は連日のようにアメリカの空襲を受けていた。

東京はその標的の一つだった。夜十時か十一時頃サイレンが鳴る。私は寝入りばななので、眠くて起き上がれない。父母がラジオをつけると（当時まだテレビはなかった）、敵（アメリカ）の爆撃機の編隊が、伊豆七島に近づいており、北上しているという警戒警報が出ている。その編隊は必ず富士山を目標に飛び続け、途中で右折して東京上空へ達する。それまでに、一時間か二時間、私たちは座して過酷な運命が来るのを待ったのである。

東京大空襲では百万の市民が家を焼かれ、火事や爆弾の直撃によって死んだ人も十万に達した、と言われる。死の予感はあらゆる段階で襲って来た。そのうちに私は子供でも敵機が東京上空に入って、自分が直撃を受ける範囲に入るとわかるようになった。敵機の爆音が違うのである。Ｂ29と呼ばれた爆撃機は大きな図体で、そのプロペラの轟音（ごうおん）はまるで地面にアイロンをかけるような感じで迫って来る。もしそのような至近距離で爆弾を落とされたら、直撃を受けて、私は死ぬのである。

当時私が恐れたのは、死ぬことではなく、今度の爆弾ではやられる、と数秒前にわかることであった。

死には予感がある、という。多くの動物は死の前に身を隠すと言われており、殊に猫は飼い主にも死体を見せないと言う人もいる。しかし、うちで飼っていた猫のうちの数匹は、家族に頭を撫（な）でてもらいながら息を引き取った。我が家の飼い猫だけでなく、顔なじみの野良猫まで、庭の日溜まりの隅で死んでいた。だから、この説はあまりあてにならない。

人間の死は、当事者から見ると突然やって来たほうが気楽だ。何かの理由で、明日の早朝に死ぬなどと知らされたら、私はその前に片づけることをやたらに思いつき、疲れ果てて、惨めな状態で死ぬだろう。本当は片づけて死んでも、片づけずに死んでもほとんど同じことなのだが……。

死だけではない。本当はあらゆることに準備は必要なのだ。火事になる前に、私たちは火災訓練をする。ボタンがぶら下がるようになったら、ボタンがなくなる前に付け直す。塀が倒れそうになったら、嵐が来る前に釘を打ちつけ、この際根本的に新しく取り替えるほかはない、と覚悟する。

まだ多くの人がやっていないのは、宇宙人の襲来に対する備えだ。宇宙人がいるかどうかは別として。私がよく見ているアメリカのテレビ番組では、宇宙人は非常に高い確率でいることになっている。

他人と自分を殺さずに済めば、人生は大成功だ

今までにも何度も書いたことだが、死は必ずやって来る。多くの人は死は老年になって訪れるものだと思っているらしいが、死は子供さえも襲う。だから

幼い子供にも、いつか自分も死ぬこと、その前に父母や兄弟姉妹も死ぬことを常に教えなければならない。しかし、死ぬ前に人間に与えられる生涯は、それ故にただごととは思えないほど素晴らしい年月であることを常によく話して聞かせたい、と私は思う。

神仏を信じない人がいるのは自由だが、この世に生まれるという機会をもらえる魂は、あまり多くはないのではないか、と私は思う。

それ故に、この世に生まれた人間には、多くの果たすべき光栄ある義務があると私は思う。

まず第一に、他人と自分を殺さないことだ。避けられない事故というものもあるだろうが、酒を飲んで車を運転して人を轢いたりするような愚かなことで、他者の人生を中断させるような恐ろしいことをしないことである。第一それは、天災とは違って避けられることである。酒を飲んだら運転しなければいいことだ。歳をとって勘違いや判断の違いが増えたら、車の運転を止めることだ。怨みを相手を殺すことで晴らすのは、愚かなことだ、と百人中九十七、八人までが知っている。

夫が八十歳台後半に入りかけた時、ある年の八月十五日の終戦記念日の前後に、私たちは靖国神社にお詣りすることになった。これは毎年そうしているのである。

朝早くに我々は神社の坂の下にあるホテルの地下駐車場に車を駐めた。当時夫はまだ車の運転をしていたのだが、私は何度かひやりとすることがあって、何とかして近々運転は止めて欲しいと考えていた。しかし夫は「オレはまだ大丈夫だよ」と言う老人の典型であった。

ホテルの地下駐車場で、私にとっては幸運な事故が起きた。ホテルの直径一メートルほどの丸いコンクリートの柱に夫がわずかばかり車の一部をぶつけたのである。もちろん柱はびくともせず、私たちの車も塗料がほんの一部こすれて取れただけだった。

しかし私にとっては、これは好機だった。もともと運転を止めて欲しいと思っていたところなのだから、私はそこであらためて夫とケンカをした。運転の失策の結果を突きつけられた夫は、やむなく今日以降、運転はしないと言明した。私はすぐ秘書に電話をし、今朝は自宅にではなく、靖国神社のそばのホテルに出勤して欲しい、と言った。とりあえず帰りの車も夫に運転させないという意思表示だったのである。その朝のささやかな、しかし大きな喜びを私は忘れられない。夫はこれで、車で誰かを轢くということだけはしなくて済んだのだった。つまり、人を殺すということだけはせずに一生を終えた。何度も言うことになるが、自分と人を殺さずに済めば、それだけで、人生は大成功なのだ。

これは他人を殺すことを回避できた例だ。しかしもう一つ、違った部分の死が残されている。自殺をすることである。日本人の自殺者は一年に約二万人。皆まじめで正直ないい人だったに違いない。人生をいい加減に考えるような人には自殺者は出ない。しかし考えてみると、自らを抹殺しなければならないほどの悪人も、現世にはあまりいないのである。自分をそれほどの者と思うことも、またひどくしょっているることなのだ。

私は「ほどほど」の人間だ。間違いなくあなたも。それだけで充分なのである。世間はほどほどの人たちの集合によって、むしろ複雑で強靭な社会を作り出している。地球上の人間がすべてアインシュタインみたいな天才ばかりになったら、この世は地獄だ。レストランも、サーカスも、銀行も、ショッピングセンターも、下水処理場もなくなる。銀行は必要だが下水処理場はいらない、ということはない。むしろ銀行はなくても人は生きていけるが、下水処理場がなかったら、地球上にはたちまち感染症が蔓延して、人間は生き残ることさえ不可能になるだろう。

すべての人がガンジーのように道徳的であるのも困る。ガンジーの自伝は私の愛読書だが、ガンジーの友人にしていただけたとしても、そのような光栄は肩が凝る。

しかしすべての人が、死までの日々と時間を、その人なりに同時代人の生のため捧げる。いいか悪いかを選べる問題ではない。人間はそのような地球の計画に組み込まれているのである。

同時代人のために、とは言っても、私たちは何か傑出した知能や技術を要求されているわけではない。持っている才能を、自信を持って捧げればいい。私はこれでもカトリックで神を信じているのだが、神はわざと多くの人々に違った才能を持たせて世に送り出されたことを私たちに示された。肉体的労働に向いている人もいれば、労働はまったくだめでも、法律を作ったり解釈したりするにはなくてはならない人もいる。そのどちらも必要な人であることははっきりしている。

「あらゆる人のおかげ」という現実に感謝がないから人間は不満の塊になる。あるいは直接何かしてくれた人にしかお礼を言わない人になる。

しかし私たちは、朝起きてから夜寝るまで、他人のお世話になっている。そして自分も分に相応した働きをすることで、意識しなくてもそれにお返しをしている。私の本によって感銘を受けたなどとおっしゃる方はごく少ないが、私は国家にかなりの税金を払っているから、その税金は老人施設にも交通手段の安全にも警察の機構にも廻るだろう。それが「私が生きてもいい」証なのかもしれない。

生きている私たちは大変幸運な魂である

いずれにせよ人生の持ち時間は誰にも決まっているということだ。昔、母によく丸い素朴な塩センベイを十枚買ってもらうことがあった。子供の私はその十枚をあらためて数え、どういう時間配分で何枚ずつ食べようか考えたものである。

それに似たことを、私たちは死の時までし続けることだ。センベイの食べ方だって、決して予定通りにはならなかった。私は大抵すぐ食べてしまって、夕飯までだって残してはいなかったのである。その反対に、夏休みの宿題は八月十五日までに仕上げると言っていて、ほとんどその通りになったことはなかった。

死ぬまでに、私たちは「自分の生まれた国家」に深く関わらせてもらう。税金も取られるが、私のような年になると、介護保険も受けられる。歩道橋だって、公園のベンチだって、あって当然というものではなく「あるからありがたい」ことなのだ。

私には現世で会ったこともない姉が一人いる。彼女は愛らしい性格の優しいよく気のつく少女だったらしいが、三歳の時に肺炎で死亡した。その後六年経って私が生まれた。抗生物質のない時代だったから、肺炎は多くの子供の命取りだった。

現在何歳であろうと、生きている私たちは、皆、現世を知ることができるように選ばれたという意味で、大変幸運な存在であり、魂なのである。

だから、私たちは与えられた死までの時間を大切に、まともに使わなければならない。まともに、というのは「自分のできることで」ということでもあり、「分相応に」と言ってもいい。「分相応」というのは美しい言葉だ。

そして私は、この言葉と連想してもう一つ好きな語がある。それは「死を常に意識して」という戒め（いまし）だ。

死を感じていなかったら、私たちは今この時間をどう振る舞うべきかもわからなくなるだろう。しかし死は人間の予知能力、予定能力を超えたはるかな地点からやって来る。この畏れの感覚があるから、私たちは謙虚にも自由にもなれるのである。

［あとがき］

「死があるから、生の味が深くなる。困ったことだが現実はそうだ」

というのが、子供の頃からの、私の日常について廻っていた感覚だった。それより幼い時代の私は、母と死に別れることだけを恐れていた。母が死んでも自分が生きていられるとは思わなかった。しかし、多分それでも私は生きていたに違いない。そこから、私は自分への愛と、母への愛の裏切りを実感し始めたのだと言える。

死は忌避（きひ）したいものだが、死がなかったら私たちはおそらく、生の意味を発見することもなかった。だから止むをえない。生の意味を覚（さと）らずに生を全（まっと）うすることは、不可能なのである。

性格的に私がその仕事に向いていた、ということだけは言える。私は繁栄よりも衰退を見つめたがる作家の資質を、ある程度は受け継いでいた。しかしだからと言って、何かを発見することは難しいだろう。やってみなければわからない。この年齢になっても、人間に課せられた限度の呪縛はそうそう変わるものではない。

二〇一七年二月に夫が亡くなってから、私は一人で家の切り盛りをすることになった。経済的なことは昔通りやっていけばいいのだから、簡単なものである。

しかし、私は、夫の死後、発作的に猫を二匹飼ってしまった。私は動物が好きなのである。二匹とも私にまつわりつき、私は今や二匹の猫の「お母さん」をやっている。

朝もっと怠(なま)けて寝ていたくても、猫には規則正しい生活をさせようと思うから、抱いて階下に下り、朝ご飯を食べさせる。二匹は私の寝室の入口に土嚢(どのう)のように固まって寝ているか、閉め忘れているドアのすき間を通って、私のベッドに寝にやって来る。

この家の主が私一人ということになってから、私はいつの間にか責任を感じるようになっていた。大した責任ではない。しかしどの時代のどの土地にも、屋根というものがある。その下に、人間の家族や、犬猫、時にはノミもシラミもいる。それらの生きものに対して「屋根の主」は責任があるような気がして来たのである。深い責任ではない。ただその一夜、彼らの生命を守る義務である。

人も動物も、今夜だけは、幸福でなければならない。飢えず、寒さに震えず、眠れなければいけない。そして、一つ屋根の下にある生命の今夜を、私のできる範囲で幸福にすることが、私が「納得して死ぬ」ために自らに課した、目下の務めなのである。

二〇一八年五月一日　　曽野綾子

文庫化記念対談

阿川佐和子×内藤啓子

〝娘世代〟の私たちが知る「曽野綾子」と家族を見送って考えた「納得する死」とは

阿川弘之、阪田寛夫、そして三浦朱門・曽野綾子夫妻。昭和の文学界に輝く四人の作家は家族ぐるみの付き合いだった。娘たち二人が、思い出を語り尽くす。

三浦朱門・曽野綾子との出会い

阿川 私が「作家とは結婚すまい」と心に誓ったのは、父（小説家の阿川弘之氏）を見てきたからですが、「作家にはなるまい」と心に決めたのに大いに関係しているのが、実は曽野綾子さんなんです。当時、中学生ぐらいだったかな。ご主人の三浦朱門さんを迎えに曽野さんが我が家にいらして。曽野さんは、目が大きくてすごくきれいな方だと思ったんですが、目の下にクマができていたの。「こんなきれいな人が、こんなにやつれちゃうんだ」とびっくりして。作家って辛い商売なんだな、絶対になる

内藤　まい、って思っちゃった。私も子供の頃から「家で仕事をする人とは結婚したくない」「サラリーマンがいい」と思っていましたね。

阿川　内藤さんのことを私はいつも「啓ちゃん」と呼んでいるので今回もそう呼ばせてもらいますが、啓ちゃんのお父様で作家の阪田寛夫さんは、三浦さんと旧制高校の同級生だったんですよね？

内藤　父は、旧制高知高校に入学して二学期に三浦さんと寮で同じ部屋になったんです。

阿川　阪田さんは芥川賞作家であり、童謡『サッちゃん』の作詞家としても知られていますが、私と啓ちゃんは中野区鷺宮にあった団地で一緒に過ごした幼なじみ。年齢は啓ちゃんが一つ上なのよね。

内藤　幼稚園から小学生にかけての四年間ですね。メゾネット式の家が二十軒くらい並んでいる団地で、うちが一番道路に近い一号棟で、阿川家は一番奥まったところにありました。

阿川　私の父も啓ちゃんのお父様も、毎日、自宅で原稿用紙に向かう仕事をしているのに、啓ちゃんのお父様はとても穏やかで優しい人に見えた。うちの父はほかの家の子供にも怒ったりしてたから、家には誰も遊びに来ない。私はもっぱら啓ちゃんの家に遊びに行っていましたね。

内藤 私たち一家が大阪から鷺宮の団地に引っ越す時に、それまで住んでいた伯母からの引き継ぎ事項は「阿川さんの家の前では騒いだらいかん」でした（笑）。「阿川さんが『コラッ』と怒鳴る声のほうが子供らよりよっぽどうるさいけどな」というオチ付きだったんですけど。

阿川 三浦さんは博学な方という印象が強かったけど、高校時代はどうだったんですか？

内藤 校内三番目の不良と言われていて、父はビビリだからそういう人と一緒にいると巻き込まれるんじゃないか、停学になったらどうしよう、と怯えていたみたい。

阿川 「なるべく目を合わせないようにしよう」って。

内藤 だけど父は三浦さんと話をしているうちに、意外な共通点を見つけたんです。子供時代はすごく弱虫で、チャンバラもしたことがないし、紙芝

(上)大浦みずきさんの楽屋にて、阪田寛夫さん一家と阿川さん
(下)内藤さんと阿川さんの60年近く前のツーショット

居も見たことがない父は、そのことに引け目を感じていたのですが、三浦さんもそうだとわかって。

阿川 校内三番目の不良が？

内藤 そういう経験をしていなくても三浦さんみたいに強くなれるんだってすごく安心したらしい。それに当時から三浦さんは読書家で、父は三浦さんから織田作之助やウィリアム・サローヤンを勧められて読むようになったみたい。父が初めて書いた詩を見せた相手も三浦さんです。

阿川 その頃から詩を書いていらしたんだ。

内藤 三浦さんと意気投合して一緒に学校をサボっては「お前と俺だけは才能がある」とお互いほめ合っていたそうです。

阿川 無二の親友ですね。

内藤 二年生の時に繰り上げ卒業し、徴用・徴兵されて離れ離れになるんですが、終戦後に東大の文学部で再会するんです。そこにもうひとり高校の同級生が加わって、三人で同人誌『新思潮』を立ち上げました。そこに加わったのが、曽野さんだったんです。

阿川　曽野さんと三浦さんは五つ違い。若くて超美人の女性が入ってきたんじゃ大騒ぎだったでしょうね。三浦さんのひと目惚れだったのかしら。ライバルもたくさんいたでしょうに。

内藤　よく知らないけれど、あれほどの美人だったからきっとみんな色目を使ったでしょうね。

阿川　三浦さんが初めて小説を発表したのはその頃？

内藤　『新思潮』第二号に『画鬼』（後に『冥府山水図』に改題）という短編を書いて、筑摩書房の総合雑誌『展望』に採用されたんです。あの頃は今のように新人を対象にした賞はなく、作家としてデビューするには雑誌に載るか、偉い作家さんの弟子になるかしかありませんでした。

阿川　曽野さんは、大学生の頃から文学を志していて『納得して死ぬという人間の務めについて』にも「その時ほど私は原稿を書いたことはなかったような気がする」とあります。ところがデビューする機会はなかなか巡ってこない。そこで小説家になることを諦める決意をするわけですが、偶然立ち寄った書店で手に取った文芸誌の同人雑誌評に、自分の書いた短編が取り上げられたのを見て、「もう小説は書かない」という誓いをケロッと取り消したとか。

内藤　その批評を書いた編集者に紹介されて、『新思潮』に加わったんです。『新思潮』の面々は助け合い運動も盛んだったようで当時の様子がこの本にも書かれています。父は大学卒業後、朝日放送に就職したのですが、曽野さんたちが朝日放送の短編作品の公募に応募して、その賞金を雑誌作りに充てたりしていました。父は父で、仲間のひとりが勤めている小学館の雑誌『小学一年生』などで世界の名作のダイジェストを作る時には匿名で書かせてもらっていました。後年、父は、曽野さんが会長を務めてらっしゃった日本財団主催の、童謡の歴史を語る講演をシリーズでさせてもらったりもしましたね。

阿川　父が三浦さんや曽野さんと知り合ったのも、かなり若い頃だと思います。一時期、父は三浦さんと遠藤周作さんととても仲良くしていて、わが家にもよくいらっしゃいました。そこに曽野さんが迎えにいらっしゃって加わることもありました。遠藤さんはとにかく変なおじさんだったよね。

内藤　私も一度、三浦半島にある三浦家の別荘で遠藤さんとご一緒したことがあります。その時もウニの棘（とげ）にマッチ棒を挟んで箱を擦らせて、火をつけようとして。

阿川　遠藤さんは変だけど優しくて、子供にもかまってくださる。三浦さんは変じゃないんだけど、ちょっと優等生っぽくて、遠藤さんがいたずらするのを眺めながら「バカだなぁ」と冷静に笑っているタイプ。どこの引き出しを開けても「それはね」と答えが出てくるから、父は三浦さんの博学にすごく頼っていたけれど、何かの時に「三浦に電話するとまた叱られるからな」と電話するのを躊躇していたことがありました。三浦さんのほうが年下だけれど、ピシッと言われてしまうこともあったみたい。

内藤　曽野さんもですが、特に三浦さんは、何かと私たち家族を気にかけてくださいました。晩年に父が精神的におかしくなって大変だった時は、私にお小遣いをくださったことがあるんです。「これは寛夫ではなくあなたのためだから、あなたがおいしいものを食べて力をつけなさい」って。私と妹のなつめ（元宝塚歌劇団トップスターの大浦みずき）を姪のように思ってくださっていたんです。

それぞれの両親の夫婦関係

阿川 昔、私が運転する車に三浦さんをお乗せしたら、三浦さんからいきなり「佐和子ちゃん、いまシドニーは冬か、夏か」と聞かれたことがあるんです。答えられないでいると、「この娘は何にも知らないんだなあ」って。私は阿川家では、本を読まないダメな娘だと言われていて、三浦さんや曽野さんも優秀な兄と話すことはすごく楽しみにしていらした。だけど私はあまり好かれていないという気持ちが強かったですね。曽野さんとは、『週刊文春』で二回対談もしたんですけど、毎回、先生に会うみたいな心境でした。

内藤 私は妹が亡くなった時、ご報告のために電話をしたんです。すると曽野さんは「それはお幸せでしたね」とおっしゃった。「えっ!?」と思いました。こういう場面では大抵の方はお悔やみを述べられるので。でも曽野さん

阿川　は、「戦時下ではなく、屋根のあるところでお医者さんに診てもらえたのだから」って。それで私も「確かにそうだな」と。

内藤　曽野さんは「理」の人でしたね。ある意味、曽野さんと三浦さんは似た者夫婦ですよね。曽野さんは精神性も高いけれど、「贅沢は大事」とか、「たとえ夫婦であっても自分を犠牲にしてまで看病することはない」とか、すごく正直。そういうところはカッコよかった！

阿川　お会いすると、お書きになる文章そのままの方だと感じていました。

内藤　曽野さんは、いつも迷いがない。この本を読んでいてもわかりますが、「こういうものなのかもしれない」とか「という気がしないでもない」とか、そういう曖昧な語尾がまったくないもんね。

阿川　これを言うとまずいかなとか、ちょっとどうかな、というところがないですよね。うちの父なんて、「こんなことを書いたら、誰かに文句を言われるんじゃないか」と絶えず気にしていました。

内藤　私より上の世代の女性は、バカに見せるということができない時代だったと思うんです。「女なんて」という偏見と戦わないといけなかった。

向田邦子さんも洒脱で鋭くて素敵だけれども凛としているところを崩さなかった。私なんか「こんなにダメでどうもすみません」というところばかり書いているから、情けないですよ。

内藤 佐和子ちゃんは、ご自身を笑うけど卑下し過ぎる訳でもない。その加減がとてもうまいと思うわ。

阿川 曽野さんに関して私が不思議に思うのは、普通は美女だとこんなに強くなれない。小さい頃からちやほやされるだろうから、「負けてなるものか」と踏ん張らなくてはいけないような経験はあまりないでしょう?

内藤 たしかに。ただ曽野さんも三十代の頃は不眠に悩まされうつっぽくなられていた時期もありました。人間らしいところもあるんだ、と子供ながらに思った記憶があります。

阿川 曽野さんと同時代の女性の物書きというと、有吉佐和子さんや瀬戸内寂聴さんがいらっしゃいますが、子供心に感じたのは、有吉さんは頑張り屋さん。瀬戸内さんはモテてしょうがない。曽野さんは知的なタイプで、人間のドロドロを書くタイプの人ではないし、男と女のことも書かない。

「かって私はある男に翻弄されて地獄を見た」なんて話は間違っても出てこないでしょう？

内藤　私は、稲田朋美さんが防衛大臣に就任したことに否定的だったのも印象に残っています。

阿川　男性的なところもおありなんでしょうか。ただとてもおやかでもいらっしゃる。仕事でお会いするといつもご機嫌がいいんですよ。

内藤　そうですね。曽野さんは子供向けの本も書いていらして『ちいさなケイとのっぽのケン』という本が出た時は「これ、私がモデルかな？」と思いました。

阿川　私の『サッちゃん』と同じだ（笑）。私も「啓ちゃんのお父様はきっと私をモデルにあの詞を書いたんだ」と思っていました。対談させていただいた時に聞いたら、見事に否定されましたけど。

内藤　残念ながら佐和子ちゃんじゃなくて、父が幼稚園でご一緒した、かけっこの得意な「さちこさん」でしたね。

阿川　曽野さんは、判断も早い。ヴェネツィアでガラスの器を買った時も「見た瞬間から私は、その新しいヴェネツィアのガラスに何を入れたらいいかがわかったのである」と。それが何かというと冷奴なのですが。スカッとするほどの決断力。誰も反論できない（笑）。

内藤　やはり戦争体験も大きいのでしょうね。一夜にして焼け野原で、大切にしていたものを失うという経験がおありだから。ご自身のことを「諦めのいい性格」だと書いていらっしゃいますね。

阿川　三浦さんと曽野さんが六十代くらいの頃でしょうか。父がご夫妻をハワイに誘って案内したことがあったんです。私も接待係として同行しました。ハナウマベイで三浦さんはシュノーケルをつけて海に入ったのですが、海から出てくると曽野さんが見当たらない。「知寿子（曽野さんの本名）がいない！」「知寿子は？」と大慌てで（笑）。その姿を見て感動しましたよね。このお二人はそんなに愛し合っているんだと。

その話を対談の時に曽野さんにしたんです。「おしどり夫婦というのは、お二人のようなご夫婦を言うんですね」と。そうしたら曽野さんはまるで動じるところがなく「私は目を悪くしていた時期があって、その頃は手をつないで歩かないと迷子になってしまうからいつもそうしていました」と返ってきたんです。「主人はいつも本当に私のことを心配してくれるんですよ」という言い方ではなく、ピシッと。

内藤　そうでしたね。だけど本当に仲のいいご夫婦で。ただしずっとベタベタしているのではなく、互いの仕事のことには干渉しない。三浦さんとお会いした時に「曽野さんが、こんな本を出されましたね」と話したら、「知らない」って。

阿川　それでもお二人の会話は途切れることがなかったんでしょ？　六十三年間も毎日喋りましたと。

内藤　父の遺品を整理していたら、手紙魔だったのでいろんな人に書いた手紙の下書きが出てきたんですけど、三浦さん宛のものはそれほど見つからなかった。たぶんよく会っていたからでしょう。あと電話も長かった。男の長電話ですね。

阿川　外では社交的なのに、家ではほとんど喋らない人も多いと思うけど、三浦さんは外でも家でもよく話す方だったんですね。出し惜しみをなさらなかった。

内藤 三浦家とは対照的に、うちの両親は夫婦仲がよくなかったんです。毎日のように大喧嘩で、児童文学者のケストナーが、「両親が別れたために不幸な子供はたくさんいるが、両親が別れないために不幸な子供も同じくらいたくさんいる」と書いているのを読んで、「まさにその通り」と思っていました。

阿川 うちは父が専制君主で母も子供たちも絶対服従、つねに自分に注目していろと。自分が原稿で忙しい時は、みんなが気を遣って静かにして、食事というと、父がおいしいと思うものを、妻と娘は全精力を使って心から喜んで作りなさいと。

内藤 だけど阿川さんも三浦さんも奥様一途で浮気はなさったことがない。

阿川 それはわからない。ここであらためて言うことではないけれど（笑）。母が泣いていたことがないわけではないです。阪田家は？

内藤 うちはもう、夫婦喧嘩のもとはそれ。

阿川 人と話すのが苦手な方なのに、浮気はなさるの？

内藤　母はいつもカッカしていました。父がおバカなのは、そういう人とのやりとりも全部メモしていたこと。きっと小説のネタにしようと思っていたんでしょうね。

阿川　父は、しょっちゅう母を怒鳴り散らしていたけれど、母がいないと不安になるの。娘が入り込めない父と母の関係があったと思います。母は娘の私とは違う感情を父に対して持っていましたし、父が病院に入った時、母は認知症になっていたけれど、「お母さんもここに入ればいい」とよく言っていました。お見舞いに行くと帰りは必ず病室の入り口のところまで送りにきて、母に「身体、大事にしろよ」と握手して。そんなに心配するならもっと前から優しくすればよかったのにと思ったんだけど、愛情は深かった。

内藤　うちの母は七十代から脳梗塞を四回やって、そのたびに衰えていきました。最初は父が自宅で母の介護をしていたんです。ある種の罪滅ぼしですね。

阿川　阪田おじちゃん、頑張ってらしたもんね。

内藤　曽野さんはこの本の中で、三浦さんがお棺の中に一番入れて欲しかったのは私だったろう、と書いていらっしゃって。そう言い切れるのはすごいことですよね。うちの母は一番入れて欲しくなかったのは父じゃないかな（笑）。

大切な家族を見送って

阿川　三浦さんが逝かれた時のシーンも印象的ですよね。曽野さんがシャワーを浴びているほんの数分の間だったたと。そのことに気づいた曽野さんが三浦さんの髪を撫でる様子にも愛情を感じました。

内藤　いいですよね。

阿川　父の最期は、少しずつ食欲が落ちて弱っていくという立派な老衰でした。意識を失う瞬間には立ち会えなかったのですが、聖路加国際病院の日野原重明先生から、「耳は最期まで残る」と聞いていたから、病室に着くなり父の耳元で「お父ちゃん、増刷分三十万円、入ったよ！」と叫びました。亡くなるちょっと前に、父の著書『山本五十六』が増刷になったと伝えると、「いくらだ？」と聞かれたのですが、その時はまだわからなかったんです。そうこうしているうちにこの日になってしまって。ニヤッとうれしそうにしてくれるかなと期待したんだけど反応はありませんでしたね。耳元で何度も「三十万！」と繰り返していたら、それまで泣いていた看護師さんがプッと吹き出しちゃって。

阿川　佐和子ちゃんは泣かなかったの？

内藤　その時は。だけど最期に近い時期に父が耄碌したようなことを言い出したんです。それまでずっと頭はしっかりしていたので、その様子を見た時は、帰りの車の中で少し泣きました。

　その五年後に母が同じ病院で危篤になった時は、亡くなるまで七時間一緒にいたんです。弟と心拍モニターを見ながら、息を引き取った瞬間まで見届けたのですが、不思議と涙は出ませんでした。私は母のことが大好きだったのに。看取るってこういうことなんだと思いましたよね。だんだん、だんだん死へ近づいていく様子を見送ると、納得できる。

内藤　死ぬ瞬間って本当にスーって。ああ、逝ったなあって。

阿川　「あれ？　ほんと？」「母さん？」って。

内藤　夫は佐和子ちゃんのお父様が亡くなられた次の日に逝ったんです。昼寝をしている時に。たぶん心臓だと思います。私は地元の集会に出ていて、息子から「お父さん、息していないよ」と電話がかかってきて。文字通りの急死でした。

阿川　突然の死は納得できない部分もあったのでは？

内藤　それより後始末が大変でした。自宅で亡くなると警察にも届けが必要で、単身赴任中のことだったから、家の勝手もわからない。

阿川　曽野さんのように亡くなった後に愛が深くなりましたか？

内藤　どうかなあ。

阿川　父と私の関係は最期まで変わらなかったのですが、わがままを言えるのはもはや娘だけだったんでしょうね。一度だけ「佐和子ちゃん」と、ちゃん付けで呼ばれたことがあったのですが、きっと住み込みのお手伝いさんと間違えたのね。本人は「しまった」と思ったに違いない。

内藤　私も入院中の父を見舞った時に、ちょうど昼寝をしていてとても穏やかな顔をしていたことがあったんです。目を覚ますと「啓ちゃん、来てくれたんか」と言ってくれて。これまでそんな会話をしたことがなかったので、こういう機会があっただけでもよかったと思いました。

阿川　啓ちゃんはご両親、妹さん、それからご主人とこれまで家族四人を看取っているんですよね。

内藤　なぜそういう役回りなのかと納得できない部分もありました。

阿川　私は四十代の頃は自分には介護なんてできないと思っていました。だけど、やらざるを得ない状況に追い込まれたら、その日その日の問題と向き合うしかなくて、「はい、ひとつクリア。次は巻き爪問題？」という感じでしたね。

内藤　肉親の死を通じて思ったのは、人間は何も持って死ねないということ。争いのもとにもなりますからね。

阿川　両親を看取った経験から、延命処置は必要ないこと、認知症になったら入院したい病院については息子たちに伝えました。

内藤啓子
エッセイスト。2010年に『赤毛のなっちゅんー宝塚を愛し、舞台に生きた妹・大浦みずきに』（中央公論新社）を上梓。『枕詞はサッちゃん 照れやな詩人、父・阪田寛夫の人生』（新潮社）で日本エッセイスト・クラブ賞を受賞

阿川佐和子
エッセイスト、作家。著書に、『正義のセ』シリーズ（KADOKAWA）、『聞く力 心をひらく35のヒント』、父・弘之について書いた『強父論』、大塚宣夫との共著『看る力 アガワ流介護入門』（すべて文藝春秋）等がある

阿川　私は、大切な人を看取る経験を経て自分の死のことを具体的に考えるようになったかというと、実はそうでもなくて。

内藤　私はこれまで「阪田寛夫の娘」「大浦みずきの姉」と言われることについて葛藤がありましたし、表に出て何かをすることが苦手でした。だけど今は、父や妹のことを語り継いでいくのが、遺された私の役目だと思っております。

阿川　父も母もお世話になったよみうりランド慶友病院会長の大塚宣夫先生が、その年齢にならないとその年齢の人間の気持ちはわからないとおっしゃっていたんです。「毎日風呂に入れ」「清潔にしておくのが大事」と言われても歳を取ると、風呂に入るだけで疲れるんだと。風呂に入って死んだ人間はいるけれど、風呂に入らないで死んだ老人の話は聞いたことがないと。名言でしょ？　この本もですが、死についての言葉や文章は、絶対的なバイブルと身構えるのではなく、なんとなく耳に残しておきたいですよね。きっと後々役に立つはずです。

本書は二〇一八年五月に小社より刊行された単行本を一部修正し文庫化したものです。本文中の情報は単行本刊行時のものです。文庫化に際し、新たに対談を収録しました。

納得して死ぬという人間の務めについて

曽野綾子

令和5年 1月25日 初版発行

発行者●山下直久

発行●株式会社KADOKAWA
〒102-8177 東京都千代田区富士見2-13-3
電話 0570-002-301(ナビダイヤル)

角川文庫 23504

印刷所●株式会社暁印刷
製本所●本間製本株式会社

表紙画●和田三造

●お問い合わせ
https://www.kadokawa.co.jp/ (「お問い合わせ」へお進みください)
※内容によっては、お答えできない場合があります。
※サポートは日本国内のみとさせていただきます。
※Japanese text only

ISBN 978-4-04-897531-5 C0195

◇◇◇

角川文庫発刊に際して

角川源義

第二次世界大戦の敗北は、軍事力の敗北であった以上に、私たちの若い文化力の敗退であった。私たちの文化が戦争に対して如何に無力であり、単なるあだ花に過ぎなかったかを、私たちは身を以て体験し痛感した。西洋近代文化の摂取にとって、明治以後八十年の歳月は決して短かすぎたとは言えない。にもかかわらず、近代文化の伝統を確立し、自由な批判と柔軟な良識に富む文化層として自らを形成することに私たちは失敗して来た。そしてこれは、各層への文化の普及滲透を任務とする出版人の責任でもあった。

一九四五年以来、私たちは再び振出しに戻り、第一歩から踏み出すことを余儀なくされた。これは大きな不幸ではあるが、反面、これまでの混沌・未熟・歪曲の中にあった我が国の文化に秩序と確たる基礎を齎らすためには絶好の機会でもある。角川書店は、このような祖国の文化的危機にあたり、微力をも顧みず再建の礎石たるべき抱負と決意とをもって出発したが、ここに創立以来の念願を果すべく角川文庫を発刊する。これまで刊行されたあらゆる全集叢書文庫類の長所と短所とを検討し、古今東西の不朽の典籍を、良心的編集のもとに、廉価に、そして書架にふさわしい美本として、多くのひとびとに提供しようとする。しかし私たちは徒らに百科全書的な知識のジレッタントを作ることを目的とせず、あくまで祖国の文化に秩序と再建への道を示し、この文庫を角川書店の栄ある事業として、今後永久に継続発展せしめ、学芸と教養との殿堂として大成せんことを期したい。多くの読書子の愛情ある忠言と支持とによって、この希望と抱負とを完遂せしめられんことを願う。

一九四九年五月三日